서브플롯

n°
16

문학에서 발견하는
무한한 좌표들,
은행나무 시리즈 n°

서브플롯

황모과 소설

은행나무

모든 인간은

세상에서 가장 유니크한 존재

'자기 자신'이라는 작품의 저자다.

차례

제1부

[서브플롯] : 이야기가 사라진 곳

긴 여행에서 돌아온 뒤 주변이 이전과 다르게 돌아가고 있다고 느낀 건 조카 시환 때문이었다. 여섯 살 조카 시환은 안 본 사이에 너무 어른스러운 모습이 되어 있었다. 여섯 살이 어른스러우면 어떡해? 그사이 무슨 일이라도 있었나? 나는 이불을 대충 개켜놓고 부엌으로 나왔다. 노트북과 혼연일체가 된 언니를 노려보며 말했다.

"언니, 요즘 시환이한테 너무 스트레스 주는 거 아니야?"

"무슨 스트레스?"

언제나 그렇듯 언니는 어깨만 한번 으쓱하더니 대충 대답했다. 바쁘다는 분위기를 풍기며 노트북 화면에만 집중했다. 재택근무 중인지 복잡한 수식이 화면에 떠 있었다.

"근데 너 월세 언제 줄 거야?"

나왔다, 월세. 월세를 제대로 안 낸다는 이유로 언니는 평소에도 내 얘기에 귀 기울이질 않았다. 나는 몹시 바쁜 척을 하며 얼른 자리를 피했다. 어린이는 거실 구석에서 태블릿 학습지를 풀고 있었다. 뒷모습은 마치 운전면허 예상 문제를 푸는 아저씨 같은 풍채였다.

"야, 똥싸개! 이모 왔는데 반갑지 않아?"

"네, 반가워요."

시환이 로봇처럼 답했다. 어머? 똥이라는 음절 하나만 나오면 백 프로 자지러지게 웃던 애가 오늘은 영 반응이 신통치 않네? 나는 약간의 연기를 가미해 몸을 배배 꼬며 화장실로 향했다.

"아이고 배가 살살 아프네. 이모 지금 똥 싸러 간다. 가까이 오면 안 돼! 알았지? 절대 안 돼!"

때마침 방귀가 나오려 해 괄약근에 힘을 주며 요란하

게 볼륨을 높였다. 시환이 무심하게 답했다.

"네."

얼레? 언니네 집에 살기 시작하면서부터는 매번 시환의 눈을 피해 몰래 화장실에 가야 했다. 하지만 어떻게 알았는지 그때마다 녀석이 달려와 문을 두드리며 폭소하곤 했다.

"이모! 이모! 지금 똥 싸는 거지? 맞지!"

"야, 저리 가!"

다 큰 이모가 큰 볼일을 보는 것만큼 웃긴 게 세상에 없다는 듯 녀석은 깔깔댔다. 한번은 비상열쇠를 가져와 화장실 문을 여는 바람에 기겁한 적도 있다. 엉거주춤 바지를 붙잡고 문을 밀며 녀석과 대치해야 했다.

"이 똥싸개! 두고 봐, 복수할 거야!"

"이모가 똥싸개잖아요!"

"언니! 얘 좀 데려가!"

엉덩이를 드러낸 성인 여성과 여섯 살 악동은 상당히 대등한 입장에서 맞설 수 있었다.

그런데 오늘은 일부러 방귀 소리를 뿡뿡 울리는데도 시환은 어쩐 일인지 쫓아오지 않았다. 오늘따라 언니도

이상했다. 월세라는 키워드를 듣자마자 도망치는 내게
더 이상 잔소리를 하지 않았다. 언제나 뒤통수를 향해
당장 독립해 나가라고 소리치던 언니. '내 동생이지만
쟤를 어떻게 하면 좋니'라는 강렬한 눈빛을 쏘아대던
언니. 가족이기에 더욱 적나라하게 내보일 수 있는 격
렬한 경멸을 거침없이 표하던 언니. 얹혀사는 서러움을
하루 세 번쯤 상기시켜주던 언니인데. 말끝마다 이혼한
형부를 욕하며 신세한탄을 하지 않는 것도 이상했다.
오늘 다들 왜 이런대? 뻘쭘해진 나는 배만 긁적였다.

그날 밤, 조카의 방을 노크했다. 문틈으로 작은 상자
를 쑥 내보였다. 소리를 죽여가며 부엌에서 특별 제작
한 수제 선물을 담은 상자였다.
"이모가 여행 선물 가져왔다."
상자를 보자 시환이 고개를 들었다. 관객에게 마술을
선보이듯, 입체 그림책을 낭독하듯, 나는 팔을 크게 움
직이며 리본을 풀었다. 덮개를 열자 상자 속을 빼꼼 들
여다본 시환이 다급하게 코를 막았다.
"흡!"

시환은 숨을 참으며 눈을 동그랗게 떴다.

"이모! 설마 이건⋯⋯!"

나는 일부러 입술을 일그러뜨리곤 비열하게 들릴 웃음을 피시식 흘렸다.

"흐흐흐, 이것이 바로 물 건너온 고양이 똥이지!"

상자에는 고양이 똥이 가지런히 놓여 있었다. 나는 그중 하나를 골라 손끝으로 집어올렸다.

"어디, 맛을 좀 볼까?"

"앗!"

시환의 눈이 커졌다. 말랑말랑한 고양이 똥을 천천히 입가로 가져갔다. 콧구멍을 벌렁거리며 입술을 씰룩였다. 코를 찌르는 냄새를 맡은 것처럼 짧게 콧소리를 내고는 가볍게 구역질을 했다. 약간 고개를 뒤로 꺾어 몸을 휘청였다. 그러고는 입맛을 다시며 입을 크게 벌렸다.

"이모⋯⋯ 안 돼! 그건⋯⋯!"

시환이 경악하는 사이, 나는 입안으로 고양이 똥을 쏙 던져넣었다.

"으앗!"

시환의 비명과 동시에 달콤하고 진한 초콜릿 향기가 퍼졌다. 고양이 똥 모양으로 빚은 수제 초콜릿, 준비한 선물이었다. 듬성듬성 묻은 고양이용 모래 알갱이를 재현하려고 굵은 황설탕도 샀다. 딱 어울리는 디자인인데다 달콤함까지 배가됐다. 코를 틀어막고 있어서 이게 초콜릿이란 사실을 아직 모르는 시환이 당황한 표정으로 벌떡 일어났다. 그 순간 나는 독살이라도 당한 것처럼 목을 움켜잡고 바닥에 쓰러졌다.

"헉!"

어린이와 놀다가 연극배우 수준으로 연기 실력이 늘었다. 쓰러진 순간, 나는 자연스럽게 시환이 있는 방향으로 상자를 밀었다. 그러곤 과장스럽게 콧바람을 뿜었다. 시환이 내게 다가오더니 콧바람에 묻은 냄새를 맡았다. 녀석은 바닥에 엎드린 자세로 차마 손을 대진 못하고 초콜릿 상자에 코만 가져갔다. 나는 실눈을 뜨고 조카의 행동을 지켜봤다. 시환은 신중하게 제일 작은 고양이 똥을 골라 집어올렸고 잠시 생각하다 가만히 입안에 넣었다. 나는 벌떡 일어나 조카의 어깨를 잡고 흔들었다.

"시환아, 안 돼! 똥 먹으면 안 돼! 똥은 먹는 게 아니야!"

달콤한 맛을 느낀 시환의 얼굴에 안도한 웃음이 번져 나갔다.

"이모가 먼저 똥 먹었잖아요!"

낄낄, 끌끌, 크크, 푸하핫. 둘이 합주하듯 시끌벅적한 웃음을 터트렸다. 그러자 언니가 문을 열고 큰소리로 꾸짖었다.

"이게 도대체 무슨 소리야? 웬 이상한 소리를 내고 있어! 나 내일 일찍 나가야 해. 조용히 좀 해, 둘 다!"

엄마에게 혼난 남매처럼 우리는 동시에 어깨를 움츠렸다. 시환이 입술에 손가락을 대고 목소리를 낮췄다. 언니는 피곤에 찌든 얼굴로 한숨을 쉬곤 문을 닫았다.

문이 닫히자 나는 등 뒤에 숨겨둔 다른 상자 세 개를 내밀었다. 상자 뚜껑에 토끼 그림, 강아지 그림, 인간 소년 그림을 그려넣어두었다. 각각의 상자에는 토끼 똥, 강아지 똥 그리고 인간 소년 똥 모양 초콜릿을 담았다. 판 초콜릿을 녹여 빚었는데 인간 소년 똥은 남은 초콜릿을 모아 한 덩어리로 굵게 빚었다. 상자를 하나씩 열어보곤 우리는 한바탕 또 웃었다.

"앗, 이건 시환이 똥이다!"

그러자 시환이 토끼 똥을 가리키며 깔깔댔다.

"이건 이모 똥!"

문밖에서 높은 데시벨의 목소리가 들렸다.

"너희들! 진짜 안 잘 거야!"

우리는 동시에 입술에 손가락을 댔다. 나는 불을 끄고 시환의 방을 나왔다.

*

여행에서 돌아온 곳은 이전에 살던 곳과는 전혀 다른 곳이다.

이 문장을 기억하고 있다. 출처는 정확히 기억나지 않지만 여행 에세이였나 가이드북이었나 어딘가에서 읽은 기억이 있다. 아닌가? 내가 일기에 적어둔 구절이었나?

이 문장이 여행의 비일상성을 의미한다고 생각했던

적도 있지만, 아니다. 이 문장은 팩트 그 자체다. 한 번의 여행이 끝나면 하나의 완결된 이야기를 통과한 것 같은 기분이 들었다. 여행지에서 마주했던 모든 순간은 환상적으로 재해석됐고 돌아온 현실은 전에 머물던 곳보다 더 지루했다. 힘든 현실을 견디는 일이 이전보다 더 고통스럽기도 했다.

'여긴 진짜 재밌는 일이 없다니까.'

'냥 스트리트에서 먹은 츄르맛 맥주 향 젤리가 진짜 맛있었는데.'

일상으로 돌아오면 감상적인 인간이 되었다. 별것 아닌 에피소드를 엄청난 추억인 듯 아련하게 떠올렸다. 일상엔 지루함과 괴로움뿐. 갑갑한 현실을 버티려면 내겐 반드시 여행이 필요했다. 다음번 여행, 또 다른 여행이 현재를 견디게 했다.

여행 후 부작용을 견디는 일도 힘들었다. 여행이 끝나 혼자 남으면 홀로 떠돌던 날보다 훨씬 더 외로웠다. 심한 우울증도 수반됐다. 나빠진 삶으로 돌아올 일이 괴로워 여행을 그만두려한 적도 있었다. 그래도 여행을 통해 현실을 받아들이려 마음을 고쳐먹었다. 다음번 설레는 여행을 기약해야 살아지는 게 일상의 지난함이다. 어째 갈수록 악화일로인 삶, 조금 나아졌나 싶다가도 그럴 리가 없지, 하며 푸념하는 삶, 이토록 평범하기에 진짜 삶이라 말할 수 있을까. 그래도 살아진다, 그렇게 살아졌다, 하던 인생 선배들의 말이 틀린 게 없다.

이번에도 여행 후유증이 건네준 감상에 젖어 있었는데 그 바람에 수상함을 알아채는 데에 시간이 좀 걸렸다. 돌아온 일상, 사람들이 뭔가 이상하다. 뭐가 이상한지 콕 짚어 말할 순 없지만 애매하게 수상쩍었다.

시환의 방에 들렀더니 녀석이 한숨을 푹푹 쉬며 태블릿 학습지를 노려보고 있었다. 미취학 어린이의 고뇌에 찬 모습을 보니 마음이 짠했다. 태블릿 학습지는 도대체 뭘 가르치기에 한숨부터 배웠을까? 세상 사람들을 다 이해하진 못하더라도 이모로서 조카 녀석의 고충을 이해해보고 싶었다.

"이모가 학습지 한번 풀어볼까?"

시환이 태블릿 화면을 보여줬다. 산수 문제가 생각보다 어려웠다. 영어는 내가 중학생 때 배웠던 수준이었다. 몇 년 후에 해도 될 숙제를 미리 당겨와 이렇게까지 미취학 아동을 괴롭혀야 하나? 차라리 냥나라 행성 애니메이션에서 배울 게 더 많은데……. 모험과 우정, 약한 존재를 구하는 협동심과 정의로움까지, 풀세트로 다 들어 있는데 말이다.

그러고 보니 방에 놓여 있던 그림책이 보이지 않았다. 냥나라 행성 수호냥 고양이 전사 냥고 시리즈는 조카의 책이었지만 나도 즐겨 봤다. 이름이 주는 첫인상과 달리 어린이용이라고 폄훼할 수 없는 명작이었다. 언니가 다 치워버렸나? 태블릿 학습지 구독을 시작하면서 방을 정리했나?

내가 문제를 풀지 못하자 시환이 태블릿을 거둬가더니 혀를 한번 찼다. 녀석은 다시 운전면허 기출문제 풀듯 정답 중심으로 문제를 노려보았고 나는 드러누워 스마트폰을 열었다. 아르바이트 구인 게시물을 보다가 자꾸만 딴 길로 샜다. 재미없다는 걸 빤히 알면서도 하릴없이 스크롤을 멈추지 못했다. 화면 아래쪽에 행여 숨어 있을, 어쩌면 소중할지도 모를 정보를 끝없이 길어 올리는 중이었다.

"아, 재밌는 거 없냐? 근데 냥고랑 냥아치 전사들 말이야. 엄마가 그림책이랑 피규어까지 싹 다 치운 거야?"

문제에 집중하고 있는 시환으로부터는 답이 없었다. 나는 다리를 쭉 뻗고는 발가락을 세워 녀석의 옆구리를 쿡쿡 찔렀다.

"인마, 인형 다 어디 갔느냐고. 엄마가 버렸어?"

그러자 시환이 내 얼굴을 빤히 바라보며 답했다.

"몰라."

어머, 요놈의 조카 녀석을 보게? 너, 학습지 정답이 아니라 거짓말을 배우고 있었구나? 나는 자세를 가다듬고 어린이를 째려봤다.

"야, 너도 나한테 솔직해야 서로 동등한 3촌 관계라고 하지 않겠어? 나는 늘 너한테 솔직했어."

미취학 어린이에게 하는 말인지 성인 친구에게 하는 말인지 말하고도 아리송했다. 아무튼 어린이 친구든 어른 친구든, 촌수 계산이 가능한 사이든 아니든, 쌍방이 동등한 건 좋은 거니까. 시환은 내 말에 가볍게 한숨을 쉬더니 자못 심각하게 대꾸했다.

"후…… 진짜로?"

아이코, 말렸다. 갑자기 말문이 막혔다. 나야말로 조카에게 늘 솔직했던가? 엊그제 고양이 똥 모양 초콜릿으로 연극을 벌이고선? 이모로서 조카를 챙겨야 한다면서 정말 동등하게 생각했나? 갑작스레 자기 성찰을 하다 보니 다급한 말만 쏟아졌다.

"으, 응. 그러니까 대체로……. 거의……? 이모의 선의만 따진다면 항상 그랬다고 말해도 좋지 않을까 싶다만?"

시환이 콧바람을 길게 뿜으며 고개를 돌렸고 나는 몹시 허둥댔다.

한때 시환과도 함께 여행했다. 조카가 말이 조금 늦됐던 시절이었다. 우리는 함께 비행기를 탔고 상대를 향해 보이지 않는 불을 쏘았고 키보다 훨씬 큰 투명 광선 빔을 휘둘렀다. 격렬한 경험이라 여행 중에 옷과 머리카락까지 홀랑 태워먹었다. 비행기가 추락하는 바람에 죽을 뻔한 적도 있었다.

"비행기 추락했어! 어떡해, 머리카락 다 탔잖아? 빨리 꺼줘! 얼른 소방차 불러!"

말과 글을 아직 깨치지는 못했지만 뜻을 다 알아들은 네 살 시환은 욕실에서 소방차를 들고 와 사이렌 버튼을 눌렀다. 시환이 소방차 호스를 흔들자 물방울이 튀어 내 볼에 톡톡 내려앉았다.

"휴, 살았다. 다 타버릴 뻔했어."

거실에 드러눕자 시환이 깔깔대며 가슴 위에 포개어 누웠었다. 꼬마 여행 메이트의 심장 울림이 콩콩 전해졌다.

함께 만든 이야기를 누구보다 즐겼던 앤데 지금 이 무표정은 도대체 뭐지? 나는 스마트폰을 끄고 몸을 일으켰다.

"야, 인마. 냥나라 전사 대장, 우리 냥고가 알면 동맹은 완전 끝이야. 냥고를 모른다고 시치미를 떼다니, 말이 돼? 이건 배신이라고. 설마 너, 류머티즘 종족 편이되겠다는 거야?"

시환은 무심하게 눈만 깜빡였다. 나는 벌떡 일어나 자세를 잡고 외쳤다. 냥고 애니메이션 엔딩송 도입부였다.

"냥나라, 영원한 서약! 가장 작은 존재의 친구 되어!"

도입부 내레이션을 외치자 자연스레 주제가가 터져 나왔다. 나도 워낙 좋아하는 노래였다. 등장 캐릭터들의 씰룩씰룩 엉덩이춤까지 몸이 기억하고 있었다.

"냥라라랄라, 우리 친구 되어, 냥라라랄라, 가장 작은 존재, 냥라라랄라, 내가 친구 될게, 냥나라!"

시환은 무반응이었다. 뭔가 이상했다. 나는 그 자리에서 스마트폰을 꺼내 키워드를 검색했다.

"음? 이거 왜 이래?"

시환이 보인 무표정과 비슷한 상황이 눈앞에 펼쳐졌다. 무지개를 건너면 도착하는 냥나라 행성, 시대와 세대를 초월해 웃음과 감동을 줬던 냥나라 전사 냥고 이야기, 만화책과 그림책 및 소설, 애니메이션으로 확장되어 장수했던 국민 캐릭터 이야기가 검색 결과에 나오지 않았다. 가장 작은 존재의 친구가 되겠다는 우리의 작은 영웅이 흔적도 없이 사라졌다. 이럴 수가? 어처구니없었다.

"아니, 포털사이트 이 자식들. 검색어를 아예 싹 지웠구먼."

근데 왜 지웠지? 아무리 아름답고 즐겁고 사랑스럽

고 정보 가치가 있어도 포털 쪽에 이익이 안 되면 검색 순위에서 밀린다지만. 냥고를 블라인드할 이유가 없지 않나? 몇 군데 사이트를 확인하곤 나는 스마트폰을 껐다. 냥고를 잊은 세상이라니. 잘 팔리던 걸 안 파는 건 무슨 상술이지? 말기 자본주의는 도대체 뭘 팔아먹으며 유지되고 있단 말이야? 판매자와 소비자가 서로의 필요를 충족하고 협의하는 기본 룰마저 사라진 세상이라니, 세상이 미쳐 돌아가고 있는 게 분명했다.

"이것 참."

그날 이후 한 가지 사실을 천천히 알아챘다. 거리 풍경이 기이할 정도로 조용했다. 시환과 똥 초콜릿을 나눠 먹은 것이 생각나 버스 안에서 피식 웃음이 터진 순간이었다. 묘한 시선을 느꼈다. 주변 사람들이 동시에 나를 바라보았다. 웃음을 터트린 사람을 보는 게 이상하다는 눈빛이었다. 사람들이 아무도 웃지 않았다.

*

"언니, 잠깐 앉아봐. 할 얘기가 있어."

문틈 사이로 시환이 부엌 쪽을 빼꼼 내다보고 있었다. 대변해야 할 작은 존재의 시선을 느끼며 나는 언니에게 말을 걸었다.

"뭔데? 빨리 말해."

바빠 죽겠다는 표정의 언니를 향해 나는 결연하게 말했다.

"냥고 피규어를 돌려줬으면 해."

이건 정의를 위한 투쟁이다. 작고 약한 시환이 끽소리도 못 내는 현실에 도저히 침묵할 수 없었다. 나라도 목소리를 내야 했다. 비록 오늘밤 언니의 심기를 뒤틀리게 해 쫓겨날지언정. 최저가 게스트하우스도 하루 2~3만 원은 내야 하니 큰일이다 싶지만, 그래도 할 말은 해야 했다.

"아무리 초등학교 입학 전에 해야 할 공부가 많다지만 우리의 꿈을 이렇게 무참히 짓밟아선 안 돼."

'우리'라는 인칭대명사를 써 '우리의 꿈'이라고 말하자 감정이 북받쳤다. 시환을 대리하려던 거였는데 말하다 보니 세상의 모든 어린이의 마음을 대변하는 듯 사명감마저 느껴졌다. 목소리가 떨리며 감정이 격앙되기 시작했다.

　"냥고는 우리의 영웅이야. 영어 단어나 산수 공식으로 대체할 수 없는 감동을, 약한 존재를 구하는 용기를 선물해주었다고. 우리 어린이들의 꿈과 희망은 곧 세상의 미래야. 어린이에게서 꿈과 희망을 뺏는다면 그건 세상의 미래를 뺏는 거야. 아, 말세다. 정말 말세야."

　성적으로만 아이를 평가하는 옹졸한 기성세대의 마음을 돌려야 했다. 히어로를 사랑하는 어린이의 예쁜 마음을 성적 떨어진다고 무시하는 어른들이야말로 빌런이라고! 비장하게 역설하다 눈물이 핑 돌았다. 비록 상대가 무시무시한 거대 권력이 아닌 게 약간 어색했지만. 가계부에 쓰인 지출 하나하나에 전전긍긍하며 툭하면 내쫓겠다고 화를 내는 생활에 찌든 우리 언니란 게 더욱 어색했지만. 아니지, 언니든 누구든, 냥고를 버리는 건 음침한 악의 세력과 손을 맞잡는 짓이야! 사사로운 욕심 때문에 어린이의 미래를 짓밟는 빌런과는 함께 살 수 없다고! 근데 이러다 나만 쫓겨나게 생겼는데? 사소했던 정의감이 일을 크게 만들고 있었다. 큰일이었다. 나는 언니를 구슬리기 시작했다.

"언니, 세상이 아무리 손쓸 수 없을 정도로 망했더라도, 나처럼 겨우 얹혀사는 일밖에 못하더라도, 우리 같은 사람들이 평범하게 상식과 공정을 구현하며 살아야 해. 그게 다 모여도 세상이 좋아지느냐 마느냐 할 판에, 일상이 이렇게 탄압적인데 세상이 좋아지길 바라는 건 어불성설 아니겠어?"

말하다 보니 사적인 정의가 모여 집단의 정의를 완성할 수 있는가, 하는 생각도 들었지만 나는 애매한 의문은 떨쳐버렸다. 열변을 토하다 콧잔등이 시큰해졌다. 힘없이 압제 받는 작고 약한 조카는 정작 흥미를 잃고 제 방으로 쏙 들어간 모양이었다. 아, 투쟁 대리인은 외롭구나! 외출 준비하던 언니가 가방을 챙기며 벌컥 소리쳤다.

"도대체 무슨 소리야? 너 이럴 때마다 속이 정말 답답하다. 피규어 같은 거 버린 적 없어."

어이가 없었다.

"언니, 비록 내가 빌붙어 살고 있지만 우리 집주인과 세입자 관계 떠나서 진짜 정직하게 살자. 우리 집 가훈을 떠올려봐. 엄마가 맨날 우리에게 말한 게 정직이었잖아?"

그러자 바쁘게 움직이던 언니가 동작을 멈췄다.

"나현아."

"으, 응?"

"요즘 너무 바빠서 너를 챙길 시간이 없었구나. 나도 참…… 도대체 뭐 하며 사는 건지. 미안하다."

언니가 갑자기 낮은 목소리를 내며 자책했다. 미묘하게 목소리가 떨리고 있었다. 무슨 말을 삼키는 것처럼 목소리 톤을 바꾼 언니가 단호하게 말했다.

"네가 이럴 때마다 나도 반복해서 말할 수밖에 없어. 우리 엄마는 거짓말쟁이야. 그것도 나로선 아주 용납할 수 없는 거짓말을 해왔어. 엄마는 내 존재 자체를, 내가 이 세상에 살아 있다는 사실 자체를 부정한 사람이니까. 엄마를 애틋하게 추억하는 일은 그만해. 난 정말 이해가 안 돼. 너, 그거 스톡홀름 증후군이야. 제발 정신 좀 차려!"

언니가 머리를 짚으며 짙은 한숨을 뱉었다.

"스톡홀름…… 뭐라고?"

스톡홀름은 노르웨이 수도 아닌가? 아니, 핀란드였

나? 도시 이름이 증후군이랑 어떤 관련이 있지? 잔뜩 일그러진 언니 표정을 보는 게 찜찜했지만 중간에 들린 말이 무슨 뜻인지 몰라 대처를 할 수 없었다. 나한테 문제가 있다는 말인 건 분명한데 뭐라고 반박을 해야 할지 몰랐다. 말싸움 때마다 일부러 어려운 용어를 끌어오는 언니의 얄궂은 심리전. 기선 제압 하려는 의중은 간파했지만 격파할 무기가 없었다. 분한 마음으로 일단 스마트폰을 켜 검색했다.

인질이 인질범의 심리에 정신적으로 동조하는 증세나 현상. 스웨덴의 수도 스톡홀름에서 일어난 은행 강도 사건에서 인질들이 보인 범죄자 옹호 발언에서 유래함.

인질? 동조 증세? 도대체 뭔 소릴 하는 거야?
"언니, 언니야말로 진짜 이상해. 내가 이번에 여행을 좀 길게 다녀오느라 돌아와서 적응에 시간이 걸리고 있긴 한데, 언니랑 시환이, 이전보다 훨씬 이상해졌어."
언니가 가방을 내려놓고 내 앞에 앉았다.
"여행? 네가 여행을 다녀왔다고? 무슨 소리야? 몇 월

며칠부터 며칠까지 다녀왔는데?"

"응? 어……?"

갑자기 말문이 막혔다. 언니는 스마트폰을 켜서 지난
주 날짜가 찍힌 사진을 보여줬다. 시환의 생일 케이크
에 촛불을 붙이고 박수를 쳤던 사진. 촬영은 언니가 했
고 나는 그 곁에서 노래를 불렀다. 맞다, 시환의 생일은
지난주였다. 영상 속 내 모습도 생생하게 기억났다. 그
런데 나 이번 여행, 반년은 다녀왔는데……. 이게 어떻
게 된 거지? 머릿속이 복잡해졌다.

"샐비지 클리닉 예약해둘게. 이번 주에 다녀와. 안 간
지 좀 됐잖아."

언니가 짐을 챙겨 밖으로 나갔고 나는 한동안 멍하니
앉아 있었다. 내 얼굴을 빤히 들여다보던 시환이 태블
릿 학습지를 들고 자기 방으로 들어갔다.

기이한 분위기, 묘하게 기시감을 느꼈다.

*

이틀 후, 언니에게 등 떠밀려 클리닉으로 향했다. 유

치원 하원 후 집에 데려온 시환이 녀석이 따라나섰다. 클리닉 안에 마련된 어린이 놀이공간을 키즈 카페로 알고 있는 속 편한 녀석이었다.

한참 잘 걷나 싶었는데 시환이 찡얼댔다.

"이모 나 업어줘."

나는 반사적으로 등을 감췄다.

"안 돼. 혼자 걸어. 네가 얼마나 무거운지 알아? 네 살 때부터 무섭게 우량했어."

"다리 아파."

"나도 다리 아프거든?"

"이모니까 책임져."

"무슨 책임?"

"나를 책임져야지."

피식, 코웃음이 터졌다. 얘가 아무것도 모르네. 네가 조카라서, 내 자식이 아니라서 이렇게 예뻐하는 거야. 널 영원히 책임져야 했다면 진즉 도망갔단다. 정기적인 월급만 확보되면 너희 모자에게서 떠날 마음뿐인걸? 아직 배신의 쓰디쓴 맛을 모르는 어린이가 온 마음과 믿음을 담아 천진난만하게 나를 올려다봤다. 나는 딴청을 부렸다.

"너를 책임질 사람은 너 자신이지. 누구나 책임감 있는 1인분의 인간으로 살아가야 해. 너나 나나 누굴 책임질 수 있는 인간은 아니니까 입장이 완전히 똑같거든. 그러니까 다리에 힘 딱 주고 딴딴하게 걸으라고. 주말에 보니까 너 자전거에 그냥 앉아 있더라? 엄마가 앞에서 끌어주니까 페달도 안 밟고 끌려가는 거 다 봤다. 놀이공원에서 회전목마 타냐? 걸어, 요놈 새끼야."

"내가 왜 새끼야?"

흠, 미운 네 살이라더니. 근데 얘는 세 살 때도 미웠어. 다섯 살 때도 여섯 살 때도 미운데? 서른여섯, 예순셋이 되어도 미울 것 같아.

"성장하는 중이면 사전적으로 새끼라는 말은 굉장히 정확한 표현이야."

"난 새끼가 아니야. 어린이야."

와, 한마디도 안 지는 놈. 나를 아동 혐오자로 만들다니. 나는 다정함을 지우지 않으면서도 울분을 표할 적절한 쌍욕을 찾아 하나 투척했다.

"이런 썩을 놈을 봤나?"

"난 썩지 않아."

그사이 어휘력이 늘었네. 도저히 이길 수 없는 싸움이었다.

"휴, 내가 졌다. 미안하다. 용서해라."

그래, 이모를 연습 상대 삼아 세상의 온갖 아동 혐오자들을 박살내거라.

우리는 말싸움하다 주저앉았다 다시 걷기를 반복했다. 클리닉까지 가는 길이 용사의 어드벤처 로드 같았다. 용사 한 명은 도트 캐릭터, 또 다른 용사 한 명은 실사 캐릭터 같았지만. 사는 차원이 다른 도트 캐릭터 같은 녀석과 티격태격하다 보니 어느새 목적지에 도착했다. 시환은 놀이방에 들어가자마자 대자로 뻗어 코를 골기 시작했다. 놀이방 벽에 붙은 거울 하단에 '김듀라 샐비지 클리닉'이란 이름이 보였다. 내가 대책이 필요한 상태라는 것을 강변하는 이름이었다.

개별 상담실에 들어가자 태블릿 화면에 질문이 떠올랐다. 지루한 밸런스 게임 같은 질문에 기계적으로 답변을 했고 금세 결과가 나왔다. 곧장 상담이 시작됐다.

내 담당 김듀라 선생님이 화면을 바라보며 장황한 설명을 하더니 증세를 진단했다. '감각 과잉 감정 과발산증'이라는 낯선 병명을 들었다. 내가 터트리는 웃음이 문제라고 했다. 과하게 발산되는 호흡이라나? 심지어 전염성이 높은 기묘한 바이러스를 분출한다며 나를 전염병 전파자 취급을 했다.

"네? 푸하핫!"

웃음이 터지고 말았다. 그 순간 선생님이 고개를 움직이지 않은 채 눈동자만 굴려 시계를 보더니 자기만 보고 있는 모니터 속에 무언가를 입력했다. 4시 37분, 다시 발작적으로 웃음, 같은 메모겠지? 선생님, 여기 앉아서도 다 보여요.

"에이, 그게 무슨 병이에요? 원래 옆 사람이 웃으면 나도 웃을 준비를 하는 게 사람 심리잖아요?"

내가 감각 과잉이면 다른 사람들은 무감각증이라고요! 항변하고 싶었지만 선생님 얼굴엔 '원래' '보통' '대체로' '일반적으로' 같은 단어가 전혀 통하지 않을 고지식한 분위기가 어려 있었다.

뭐가 어떻게 된 거지? 공기가 통하지 않는 듯 갑갑해

졌다. 낯선 환경에 뚝 떨어진 느낌이었다. 꽉 막힌 느낌, 공간에 산소가 희박한 것 같았다. 벗어나려면 어떻게 해야 하지? 탈출구를 찾아야 하는 게임 퀘스트를 받은 기분이었다.

내가 원하던 이야기는 이런 게 아니었다. 냥고도 사라진 참에 나만 이상해진 세상이라니 이제 어떻게 하면 좋지? 냥고, 내게 용기 바이러스를 보내줘! 냥고를 부르는 냥아치들 중 하나가 된 상상을 하다 또 웃음이 터졌다. 선생님이 잠시 나를 관찰하다 시선을 돌리곤 연극적으로 말했다.

"평소 얼마나 자주 과호흡이 터지시나요?"

그 말에 또 웃음이 나오려 했다. 나는 입술 끝을 꾹 내리고 진지하게 답했다.

"네, 제법 자주 이럽니다."

"어떤 상황에서 증세가 나타나시는지요?"

"웃길 때요."

"웃길 때……?"

선생님이 애매한 표정을 보이더니 단어를 검색하는 것처럼 자판을 두드렸다. 나는 선생님의 검색 결과를 보충해드리고 싶어 설명을 덧붙였다.

"어처구니없을 때도 그렇고요. 허를 찔릴 때도 그렇죠. 저나 남이 우스꽝스러운 짓을 할 때 그렇고, 허탈할 때도 그렇고, 자주 이럽니다."

"횟수로 치면? 한 달에 몇 번 정도 호흡 폭발이 일어나나요?"

"한 달 단위로 계산하면 셀 수가 없고요. 그냥 매일 서너 번?"

"밥 먹듯 터진다는 말씀이시군요?"

"저는 밥을 하루 두 끼 먹거든요. 그러니까 밥 먹듯, 이라는 관용 표현보다 잦네요."

"갑자기 그럽니까? 직전에 징후가 있다든가 특별히 자각하는 요소가 있습니까?"

선생님이 놀랍다는 표정을 지었다. 이마에 아예 쓰여 있었다, 심각한 상황이시군요. 시한부 선고를 해야 하는 의사가 저런 얼굴일까. 중요한 정보를 암시하기 위해 말을 빙빙 돌리는 걸까? 선생님은 힌트를 주고 싶지만 바로 내어줄 순 없다는 표정이었다. 가련한 환자들의 생의 의지를 꺾고 싶지 않아 어색한 연기를 하는 것만 같았다.

"선생님, 솔직하게 말해주세요. 뭔가 다른 문제가 있는 거죠? 말기인가요?"

나는 웃음을 참으며 물었다. 선생님은 어색한 웃음을 지으며 답했다.

"상담 받으시고 저희 프로그램 통해 치료하시면 답을 찾아갈 수 있을 겁니다."

"선생님! 제 여생은 얼마나 되나요?"

나도 참, 이런 순간에 비꼬는 말을 던지고 말았다. 남이 보기에 처절한 순간에도 상황을 심각하게 만들지 않는 게 내 장점이었다. 답을 찾아가는 탈출 게임은 내가 잘하는 거니까. 장난스럽게 농담을 건넨 순간 선생님이 힘주어 말했다.

"희망을 잃지 마세요. 저희도 최선을 다하겠습니다."

뭐라고요? 터져나오려던 웃음이 순식간에 식어버렸다.

"잠깐만요, 선생님. 장난치지 마시고 제 말 좀 들어보⋯⋯."

등 떠밀려 상담실에서 나왔다. 그러곤 곧장 작은 방

으로 안내되어 추가 영상 테스트가 이어졌다. 화면 속 상황을 지켜보는 일방적인 테스트였는데 심박수, 체온 등을 측정하는 모양이었다.

화면 속에 이상한 영상이 흘렀다. 화면 속 남자가 문을 발로 차더니 제 다리를 동동 굴렀다. 사건 사고를 기록한 영상인 듯 물리적으로 상해를 입는 사람이 계속 재생됐다. 한 사람 머리 위로 벽돌이 떨어지는 듯싶더니 그가 아슬아슬하게 피했다.

"앗, 이거 뭐야? 왜 이런 것만 계속 나와?"

다음 장면, 커다란 쇳덩이가 그의 머리를 덮쳤다.

"악!"

불쾌함이 온몸을 감쌌다.

"도대체 이런 걸 왜 하는 거예요? 재생 멈춰주세요! 어차피 결과 다 나왔잖아요? 그만해요. 이건, 보는 것만으로…… 너무 아프다고요!"

나는 눈을 질끈 감고 나머지 장면을 보지도 않았다. 정수리에서부터 온몸을 훑듯 통증이 느껴졌다. 억지로 테스트를 종료시키고 방 밖으로 뛰쳐나왔다. 비슷한 테스트를 했는지 방금 옆방에서 나온 아이가 엉엉 울고 있었다. 우는 아이를 달래는 엄마의 목소리가 들렸다. 목소리가 들리는 자리에서 걸음이 멈췄다.

"저건 가짜야. 그냥 애니메이션 캐릭터일 뿐이잖아? 그건 남 일이라고. 그런 걸 보고도 마치 네가 아픈 것처럼 통증을 느끼는 건 쓸데없는 일이야. 이렇게 예민하게 굴어서 학교는 어떻게 다닐래? 마음 단단히 먹고 견뎌. 독해져야 해. 살아남으려면 다 필요한 일이야. 엄마 말, 알아듣겠어?"

테스트의 취지를 암시하는 말을 들으며 말 그대로 웃을 수 없는 상황임을 실감했다. 세상이 이상해진 거다. 시환이 웃지 않는 게, 언니가 잔소리를 안 하는 게 단순한 문제가 아니었다. 이제 사람들은 남의 고통스러운 상황을 봐도 아픔을 느끼지 못한다. 남의 고통을 내 고통처럼 느끼지 못할뿐더러 그런 감각은 불필요하고 무의미한 일, 심지어 생존에 지장이 되는 일로 여긴다.

그 자리에서 서서 나는 가설을 하나 세웠다. 여행을 끝내고 돌아온 이곳, 사람들은 웃음을 버리고 공감 능력마저 잃었다. 같은 것을 봐도 똑같이 느끼지 못하는 사람들과 하나의 세계를 공유하게 된 것이다.

100번쯤 느끼는 기시감이었다. 원인도 해결 방법도 알 수 없는 문제에 봉착하는 거야 처음은 아니었지만. 어딘가에 출제자의 의도가 있을 듯했다. 그마저도 알 듯 말 듯 했지만. 클리닉을 나서며 나는 주변 상황을 메모하기 시작했다. 원래 정답도 없고 어쩔 도리도 없는 게 삶이니, 이미 지나온 사람들의 기출문제집 같은 게 어딘가에 있을 거야.

'규칙을 찾아야 해.'

그날 저녁, 클리닉에서 걸려온 전화를 받은 언니는 심각한 얼굴로 이마를 짚었다. 언니 곁에 나란히 앉은 시환까지 진지한 눈빛을 보였다. 언니는 내가 발산하고 있는 과호흡 폭발 바이러스가 시환을 전염시켰다고 판단한 모양이었다.

"미안하지만 당분간 밥 먹는 자리도 시간 간격 두고 따로 하자. 집 안에서도 서로 1미터 이상 거리두기 해 줬으면 해."

마스크를 두 겹씩 쓴 언니가 시환과 식탁 맞은편에 앉아 선언했다. 한껏 의자 등받이에 기댄 채 나와 최대치의 거리를 확보했다. 두 겹 마스크에 호흡 곤란을 느끼는 듯 시환이 헉헉대며 엄마 눈치를 봤다.

'차라리 월세 연체됐으니 나가라고 말하지…….'

거리에 굴러다니는 버려진 일회용 컵 취급을 당하는 기분이었다. 당장 박차고 나갈 수도 없었다. 비천하고 무능한 통장 잔고가 아른거려 욱하기도 어려웠다.

이제부턴 세상을 이해하고 감지하는 방식이 전혀 다른 사람들과 살아가야 한다. 남의 아픔에 무감각한 사람들이랑 어떻게 같이 지내야 한담? 타인과 같이 살긴 버겁고 혼자 살기도 어려운 처지였다. 나 이제 어떻게 하지?

'또 이래, 여행을 다녀오니 세상이 더 이상해졌어! 한동안 이러지 않았는데……!'

그 와중에도 일상은 계속되고 방세 내는 날짜는 다가오겠지. 남이 아프고 다치고 고통받고 죽는데도 눈 껌뻑하지 않는 사람들이 나의 가족이고 이웃이었다.

이번 문제엔 과연 방 탈출 게임처럼 정해진 해답이 있을까?

*

한동안 방에 틀어박혀 빈 종이만 노려봤다. 아무리 생각해도 세상이 이상하다. 내가 감각 과잉이 아니라 무감각증 세상이 된 거다. 하지만 내 가설이 맞다고 한들 딱히 할 수 있는 게 없었다. 세상이 왜 이 모양이 됐는지, 사람들은 왜 저 모양이 된 건지, 어떻게 수습해야 할지 고민해봐야 답은 없었다. 그것보단 당장 웃음이 터질 때 어떻게 대처할지가 내겐 더 큰 문제였다. 나, 사회생활 가능할까? 어렵게 채용된 뒤 알바 일자리에서 쫓겨나기라도 하면 어떻게 하지? 사소한 순간 속에야말로 생사를 위협하는 준엄한 시련이 자리 잡고 있는 법이었다.

시환이 내 방을 자꾸 들락거렸다. 빈 종이를 노려보고 있는 내게 다가와 녀석이 어깨에 손을 올리곤 말했다.

"이모, 냥고가 그렇게 중요해?"

요놈의 자식이, 자길 위해 대신 싸워준 이모의 투쟁도 모르다니? 염치없는 어린이로군.

"당근이지. 엄청 중요해."

"어떤 고양이인데? 무슨 얘긴데?"

알아먹게 한번 설명해보라는 듯, 최신 지식에 무지하면서도 뻔뻔한 사장님 같은 태도다. 해볼 테면 한번 해보라는 듯, 강렬한 동기를 불러일으키는 표정이었다. 나는 요약 버전으로 냥고 스토리를 설명했다.

"잘 들어. 냥고가 사는 냥나라 행성엔 고양이 스프를 먹으려는 괴물, 류머티즘 종족들이 있었어……."

괴물 인간, 통칭 류머티즘 종족들이 즐겨 먹는 국 재료를 위해 냥나라 행성 고양이들이 희생됐다. 이에 냥고가 앞장서 용기를 냈다. 고양이를 고아 만든 스프로 류머티즘은 낫지 않아! 쓸데없는 희생을 멈추라고! 한편 냥고는 행성 냥아치들에게 용기 바이러스를 전파했다. 용기 바이러스를 받은 작고 약한 냥아치들은 두려움을 이겨내고 냄비에서 뛰쳐나왔다. 냥고는 냥아치들의 영웅이었다. 여긴 아직 따끈한데, 물 밖이 더 춥진 않을까? 냥아치들은 상상하고 좌절하다가도 결국 용기를 냈다. 장면을 설명하다 코끝이 시큰해졌다. 어? 그러고 보니 웃음 바이러스를 퍼트린다는 게 내 얘기랑 똑같잖아?

나는 냥나라 행성의 풍경과 냥고의 모습, 그리고 냥 아치들이 용기를 되찾는 주요 장면을 빈 종이에 낙서하 며 그려넣었다. 애니메이션과 동화책에서 봤던 냥고는 사랑스럽고 귀여웠지만 내가 그린 냥고는 비율도 찌그 러져 있고 인상도 험악해 도통 귀엽지 않았다. 찌그러 진 모습의 나의 작은 영웅, 냥고의 활약상이 빈 노트를 채워갔다.

정성스러운 프레젠테이션을 들으며 시환은 흥미를 잃고 하품을 해댔다. 나는 시환의 어깨를 꾹 누르고 설 명을 계속했다. 시환이 지루한 듯 펜을 들어 종이 한구 석에 멋대로 아메바를 그리기 시작했다.

"이 녀석아, 집중 좀 해봐. 너도 기억날 거야."

근데 앤 아메바를 왜 이렇게 잘 그리니? 학습 의욕 없는 어린이 앞에서 냥고의 활약을 설명하려니 몹시 답 답했다. 어린이 시청자의 마음이 조금도 움직이지 않는 게 눈에 보였다.

"내가 감동받은 얘기는 이렇게 얄팍한 서사가 아니었 는데? 아, 속상해. 전달이 안 되네!"

냥고 이야기의 여운은 내게도 각별했다. 가상의 존재

를 만나 울고 웃었다. 어린 시절 나를 떠올렸고 그리운 친구를 떠올렸으며 앞으로도 살면서 내가 냥고를 여러 번 떠올릴 거라는 사실을 깨달았다. 마치 사막 선인장이 단비를 만난 것처럼 마음이 흠뻑 젖는 이야기, 냥고는 모든 멋진 이야기를 상징하는 기호였다. 죽고 싶은 순간 나를 살게 해준 이야기였다. 한 번 죽었는데 부활했다고 느끼게 해준 이야기였다. 내가 발견해낸 이야기였다. 그래서 모두가 아는 이야기지만 나만의 이야기가 되었다.

애니메이션 주제가를 흥얼거리며 단순화한 냥고 캐릭터를 반복해 그렸다. 어렸을 때 '아침 먹고 땡'으로 시작하는 동요 가사에 맞춰 해골바가지를 그리듯. 시환도 내 노래를 함께 흥얼거리며 찌그러진 냥고를 그리기 시작했다. 한참 집중한다 싶었는데 시환이 펜을 탁 내려놓았다. 곁에서 무릎을 세우고 꿇어앉은 나를 내려다보며 녀석이 말했다.

"별로 재미없는데?"

"아니다, 이 자식아!"

머리를 쥐어뜯었다. 이럴 줄 알았으면 작가가 되어야

했다.

전에 봤던 어떤 영화에선 비틀즈가 사라진 세상에 혼자만 비틀즈 노래를 알고 있는 주인공이 등장했다. 그는 비틀즈 노래를 이용해 셀럽이 되었다. 내게 필력이 있었다면 냥나라 행성 이야기를 재현해 떼부자가 되는 건데. 안타깝게도 내겐 그림 실력도, 필력도 없었다. 이야기가 머릿속에 다 있는데 재현이 안 되다니! 일확천금의 기회를 눈앞에 두고 거머잡지 못한 채 나는 머리카락만 쥐어뜯고 있었다.

더 이상 재미있는 것이 없어 허탈하다는 듯 시환은 방을 나가버렸다. 나는 기억을 되짚으며 냥고 이야기의 설정을 쭉 메모했다. 기억하는 플롯에 감상까지 함께 적다 보니 아예 다른 얘기가 나오기도 했다. 이러다 새로운 버전의 냥나라 행성이 나올 것 같군.

괜찮은 얘기라는 건 기억나는데, 왜 괜찮은 이야기라고 느꼈는지 잘 설명할 수가 없네……. 그런데 원작자는 누구였지? 여러 사람이 함께 창작했다고 들은 것 같은데……. 나는 혼자 만들어야 한다. 애니메이션까지 재현할 순 없으니 동화책 내용을 떠올리며 2차 창작 그림책을 하나 만들어보자고 생각했다.

그날 이후 나는 프로토타입 동화책 제작에 몰두했다. 주요 신이 몇 개 떠올랐지만 신과 신 사이를 연결하는 장면은 전혀 기억나지 않았다. '티격태격' '티키타카' '애정이 듬뿍 담긴 디스 배틀' 같은 분위기는 기억에 남 았는데 정확한 대사까지는 기억이 나지 않는 식이었다. '그러고 나서' '그런 다음에' '뭔가 웃긴 대화를 한 뒤에' 같은 간략한 메모를 신으로 옮기려면 완전히 창작을 해 야 했다.

'이거 내가 이야기를 만들고 있잖아!'

어쩔 수 없다. 재창조할 수밖에.

며칠 사이, 언니와 시환이 번갈아 내 방을 들여다보 고는 혀를 찼다. 언니는 슬며시 다가와 동네 빵집 알바 구인 전단지를 건넸다. 내가 반응을 보이지 않자 다음 날엔 카톡으로 사진도 보냈다. 시환은 매일 밤 내 방에 들러 그만하고 자기랑 놀자며 이죽거렸다.

"이모, 그림책 작가 될 거야? 작가가 되면 유명한 한 두 사람 빼고는 다 가난하게 산다던데?"

"뭐? 누가 그래?"

"엄마가."

"와, 언니는 진짜 창작자에 대한 예의가 없네. 창작자의 노력과 보상에 대해 언니가 뭘 알아? 내가 다 화가 나려고 하네."

창작이 얼마나 어려운지 그에 반해 보상은 얼마나 작은지 나도 방금 알긴 했지만 마치 오래 창작활동을 해 온 사람처럼 나는 분개했다.

"엄마처럼 생활에 찌들어 다양한 문화를 접하지 못하고 살다 보면 세상을 보는 안목이 사라지고 인생관이 편협해져. 그러니 자신과 다르게 살려는 사람을 싸잡아서 가차 없이 박대하는 거라고. 그러니까 너는 유치원에서 조금 다른 행동을 하는 애가 있어도 존중해야 해. 알았지?"

"유치원에서 막 떠드는 애처럼?"

"그렇지, 그런 애들."

"그거 난데?"

"이런…… 너 요즘도 그러냐?"

지속 가능한 문화생활, 다양성을 담보한 독립성, 아

울러 남을 존중함으로써 동시에 자존감을 지키는 애티튜드를 여섯 살 어린이에게 어떻게 설명해야 할까? 적절한 표현을 고민하는 찰나, 녀석이 한 손은 태블릿 학습지를 소중하게 끌어안고 다른 한 손은 내 어깨에 올리더니 연로한 노인처럼 조언했다.

"이모, 자기가 좋아하는 것만 하면서 막 살면 나중에 가난해진다."

"헉, 누가 그런 소릴 해?"

"선생님이. 놀이터에서 다른 엄마들도 그랬어."

충격적이었다. 유치원에도 퍼진 불안 마케팅, 가난 혐오. 유치원에서 도대체 뭘 가르치는 거야? '내가 정말 알아야 할 모든 것은 유치원에서 배웠다'는 말은 불타버린 팔만대장경 같은 게 된 거야?

"세상에, 어른들 진짜 좋은 거 가르치네? 시환아, 그런 얘긴 들으면 안 돼! 그건 말이야, 주체성을 가진 노동자를 주류 사회에 편입시키지 않으려는 지배계급의 이데올로기야! 내용의 옳고 그름에 관계없이 무조건 위계에 복종하지 않으면 관리가 안 된다고 여기거든! 이모 말 잘 들어, 유치원생일 때부터 시민 불복종 의식을 배워야 해."

"음…… 그런 건 초등학교 가서 배우면 안 돼?"

"아니, 당장 배워야 해."

그러자 시환이가 말을 돌렸다.

"이모, 우리 간식 먹을까?"

이해가 가지 않을 때나 어른의 말을 듣고 싶지 않을 때 화제를 돌리는 수법이었다. 이 쪼끄맣고 줏대 없고 잘 휘둘리는 녀석아. 그렇게 잘 휘둘린다면 이번엔 내가 널 좀 휘둘러야겠다. 지배 이데올로기에 순응당하기 전에 너에겐 냥고가 필요하다고. 지금 당장.

"앉아봐. 우선 냥나라 행성과 냥고의 일생에 대해 집중 강의를 시작한……. 야, 어디 가!"

시환에게 보여줄 생각에 사로잡혀 며칠간 집중해 스토리를 정리했다. 구상 노트가 글씨로 가득 찼다. 잘 기억나지 않는 스토리는 새로운 이야기를 끼워넣거나 즉흥적으로 덧붙였다. 다 정리하고 보니 에피소드 여러 개를 뒤섞어 하나로 모은 듯한 이야기도 나왔는데 오리지널 작품이 탄생한 것 같았다. 연결이 조금 어색하긴 했지만 마음에 들었다. 텍스트 정리는 완성이었다.

그럼 이걸 어떻게 써먹지? 그림 실력만 된다면 동화책으로 만들고 싶었다. 하지만 내 그림 실력은 시환이 그린 아메바를 쫓아가기 버거웠다. 아니면 그림을 잘 그리는 사람에게 부탁해야 하는데 그건 돈이 든다. 사비를 들여 100권 정도 제작한다고 친대도……. 누가 그걸 읽어주지?

생각할수록 우울했다. 첫 번째 독자인 시환조차 재미없다고 이죽거리기나 하고. 위인은 가족들 사이에서 인정받지 못한다더니 이런 고독을 두고 하는 말인가?

'근데 나 작가도 아니면서 왜 이러니?'

알바 구직 활동도 뒷전으로 하고 동화책 제작에 집중했다가 결국 이번 달 월세도 조달하지 못했다. 언니가 건물주 스타일의 주인 의식을 발휘하며 기다렸다는 듯 잔소리를 쏟아내기 시작됐다.

"넌 나를 자꾸 속물 취급하지만 솔직히 돈도 없이 창의적이고 문화적인 인간이 되어서 뭐 하니? 창작하는 사람들이 돈 없으면 더 좌절하더라, 얘. 예술로 돈 버는 사람이 이 세상 어디에 있긴 있나 본데 나는 못 만나봐

서 잘 모르겠지만 그냥 네 일상이나 제대로 수습해. 그런다고 곧 돈이 될 가능성이 있는 것도 아니잖아?"

언니가 말하는 천민자본주의 논리, 오직 돈으로만 환원되는 예술의 효용에 반박하고 싶었다. 돈만이 유일한 보상이라고 믿는 사람은 돈 아닌 보상을 추구하는 사람에 대해 가타부타하지 마! 그렇지만 언니 말에 반박할 힘이 티끌만큼도 일지 않았다. 이성적이고 합리적인 생각을 발동시키려면, 이를 다른 이에게 설파하려면 자신을 충분히 사랑할 정도의 힘이 있어야 했다. 그리고 이 힘에는 경제력도 포함되어 있었다. 나는 한마디 제대로 대꾸를 못 할 정도로 무력했다. 빈털터리였다.

곁에서 태블릿 학습지로 영어 공부 중인 시환이 P 발음과 F 발음을 연습하기 시작했다.

"Pass Fail Pass Fail Pass Fail Pass Fail……."

시환은 윗니로 아랫입술을 살짝 물며 힘주어 'Fail'을 발음했다.

"Fail Fail Fail Fail Fail Fail……."

어린이의 영어 발음 연습이 가슴에 와 꽂혔다. 나는 한 달 넘게 고심해 제작했던 노트를 가만히 현관 앞에 놓인 폐지 수거함에 던져넣었다.

시환이 나를 힐끗 올려다보더니 발음했다.

"Fail!"

그래. 냥나라 행성, 냥고 따위 내 인생과 무슨 상관이겠어? 나도 돈 벌 거야. 가끔, 불현듯, 문화적이고 창의적인 삶을 영위할 정도로 돈 많이 벌면 되잖아? 알았어, 알았다고, 언니.

입을 꾹 다물고 속으로만 말한 것 같은데, 내 결심을 이해한다는 듯 시환과 언니가 고개를 끄덕였다. 두 사람은 팔짱을 끼고 나를 빤히 보고 있었다.

그 순간, 눈앞 공중에 이상한 글씨가 떴다.

제87차 서브플롯

'숨겨진 이야기를 찾아라!'
퀘스트 클리어에 실패했습니다.

메인플롯으로 돌아갑니다.

제2부

[메인플롯] : 특별한 여행

여긴 어디지? 서브플롯은 뭐고 메인플롯은 뭐지?

숨겨진 이야기를 찾아야 한다고? 냥고 이야기를 기억해내면 되는 거 아닌가?

갑자기 주변 풍경이 바뀌었다. 어렸을 때 경험한 장면 속이었다. 여기에도 숨겨진 이야기가 있는 건가? 새로운 방 탈출 게임인가? 기분이 묘했다. 그립고 애틋하고 동시에 슬픈 풍경, 꼭 다시 보고 싶었지만 동시에 두 번 다시 보고 싶지 않았던 풍경을 바라보고 있었다. 다만 이전에 겪었던 순간과는 조금 달랐다. 여기는 엄마와 언니와 함께 살았던 반지하 방이었다. 나는 좁은 계단을 걸어내려갔다. 무슨 영문인진 모르겠지만, 그래 숨겨진 이야기를 찾아보자. 그런데 어떻게? 현관을 열고 어두운 방으로 걸어들어가자 어린 시절의 내 모습이 보였다. 홀로 언니를 기다리던 시절이었다.

*

생각해보면 어릴 때부터 나는 여행을 사랑했다. 어렸을 때 아주 특별한 여행을 경험했다. 엄마와 한 번, 그리고 초등학교 때 단짝 송인과 또 한 번. 그땐 정확히 알지 못했다. 내가 이토록 특별한 여행을 할 수 있는 사람이라는 것을. 그리고 아무나 우리처럼 여행을 떠나진 못한다는 것을. 혼자서는 떠날 수 없었다. 여행을 하려면 함께 건너갈 사람, 여행지를 동시에 꿈꿀 사람이 필요했다. 다른 사람들이 나처럼, 우리처럼 여행하지 않는다는 사실을 알았을 땐 어찌나 놀랐던지. 그 시절 나는 특별한 일을 아주 평범하게 겪었던 거였다.

엄마가 퇴근하고 집에 오면 언제나 밤 10시가 넘었

다. 언니와 엄마가 귀가할 순간을 기다리면서 나는 빈 집에서 종일 혼자 놀았다. 언니가 초등학교 3학년, 나는 유치원생이었다. 지금 생각하면 아동 방치이자 학대였는데 내가 어릴 때만 해도 제법 흔하게 벌어진 일이었다. 동네에는 집 안에 갇혔다는 사실을 의식하지 못하고 혼자 노는 나 같은 애들이 꽤 있었다. 외출할 때 문을 잠그고 나가는 집도 있어서 사고라도 발생하면 심하게 다치거나 심지어 죽기도 하던 아슬아슬한 시절이었다. 우리가 통과해온 아슬아슬한 시절이 그때뿐이었겠느냐만. 지금이라고 위태위태한 시절을 보내는 아이들이 없겠느냐만. 세월이 흘러 '학대'라는 표현을 듣고서 깜짝 놀랐다. 그 시절 우리 세 식구는 안전을 최우선할 수 없는 불안정한 곳에서 하루하루를 보냈다. 엄마가 종일 일만 해도 가난했던 우리 집, 시간도 여유도 없는 엄마로선 어쩔 수 없는 선택이었다. 내가 그 시절 엄마였다면, 하고 가정해봐도 달리 방법이 없었다.

번잡한 아침, 식구들이 모두 집을 나선 뒤 나는 애니메이션 채널을 켰다. 몇 개 즐겨 보는 프로그램이 있었다. 언제나 가장 작고 가장 어리고 가장 손이 많이 가는 깍두기 캐릭터에게 마음이 갔다. 그때마다 차차를 꼭 끌어안았다.

"언니가 지켜줄게, 차차야."

우리 언니가 내게 물려준 인형 차차는 내 동생이었다. 내가 지켜야 할 존재, 내 곁에 있는 가장 작은 존재였다. 차차를 지키겠다는 책임감이 불끈 솟아오르면 조금 덜 외로웠다. 점심에는 불을 사용하지 않고 밥을 먹었고 오후엔 언니가 올 때까지 푹 잤다. 언니가 집에 오면 상당히 바빠졌고 엄마가 돌아오면 더 바빠졌다. 집 안이 시끌벅적해지는 시간을 즐기려면 심심한 오후 시간대엔 자두는 게 제일 좋았다. 잠결에 언니 발걸음 소리가 들리면 나는 번쩍 눈을 떴다.

'언니다!'

감각이 예민한 강아지처럼 나는 언니가 오는 걸 알아채곤 했다. 택배 아저씨나 방문 포교 아줌마의 발걸음에는 절대 눈을 뜨지 않는 가히 육감적인 능력치가 쌓여갔다. 다른 아이의 발걸음을 언니로 착각하고 깼다간 그때부터 언니가 도착할 때까지 무지막지하게 지루한 시간을 보내야 했다. 잠결에 언니 발걸음을 알아채는 일은 내겐 그렇게나 중요한 일이었다.

　우리 언니는 세상에서 제일 멋지고 재밌는 사람이었다. 어릴 때부터 어른스러웠고 현실감각도 있었고 집안일을 두고 같은 눈높이에서 엄마와 상의도 했다. 엄마와 협상도 잘했다. 뭘 하든 손재주가 좋아서 종이에 인형이나 장난감도 척척 잘 그려줬고 집 안에 있는 고무줄이나 엄마 화장품, 젓가락 같은 생활용품으로 놀거리도 잘 만들었다. 그릇에 지우개 조각 던져넣기 게임도 발명했고 일그러진 장판을 활용해 뱀 사다리 게임도 고안했다. 언니의 수제 보드게임이었다. 언니를 보며 매번 감탄했다. 종일 집에 있는 나는 전혀 떠올리지 못했는데 어떻게 저런 생각을 할 수 있지?

　'우리 언니는 천재가 분명해!'

　언니가 있는 애들은 모두 나처럼 언니들을 경배하는 줄 알았다. 다른 애들이 언니와 싸운 얘기를 하는 걸 듣고도 도무지 이해하지 못했다. 언니와 싸워서 언니랑 못 놀면 신작 장난감도 못 갖고 게임도 못 하는데? 나만 손해볼 일을 할 순 없잖아? 네 살 위 언니는 언제까지고 나보다 4년 치 많은 인생 경험을 한 사람이니 언니를 경외하지 않는 날은 영원히 오지 않을 거였다.

밤 10시가 넘으면 엄마가 귀가했다. 언니와 함께 엄마를 맞이하는 순간은 혼자 언니를 맞이할 때보다 덜 감격적이었다. 매일 밤 허겁지겁 늦은 저녁밥을 먹는 엄마 옆에서 나는 하루 중 있었던 일을 떠들어댔다. 언니와 놀았던 얘기, 차차를 씻긴 얘기, 바깥에서 누군가 말을 걸었지만 대답하지 않았던 얘기 따위. 그다지 중요하지 않은 시시콜콜한 이야기를 진지하게 보고했다. 엄마는 그랬어, 하고 의례적인 추임새를 넣으며 대개 밥 먹는 일에 집중했다. 엄마는 언제나 쫓기듯 밥을 빨리 먹었다. 언니도 엄마를 닮았는지 서둘러 밥을 먹었는데 나는 쫑알대느라 매번 혼자 밥상에 남았다.

"야, 너 때문에 설거지 두 번 해야 하잖아."

언니한테 자주 혼나곤 했지만 기분 나쁘진 않았다. 불 없는 요리를 혼자 먹을 때보다 음식이 따뜻했다. 차차와 함께 잠드는 일이 최선인 낮 시간대에 비하면 셋이 복작이는 밤 시간대가 훨씬 즐거웠다.

늦은 저녁식사가 끝나면 엄마는 바깥 공기와 피로를 대충 씻어내곤 곧장 이불을 깔고 누웠다. 나는 전혀 졸리지 않았지만 엄마가 잠들 때까지 엄마 옆구리에 붙어 수다를 떨었다. 언니가 엄마의 반대쪽 옆구리에 붙어 있던 시절도 있었다. 조금 큰 뒤 언니는 엄마를 편하게 자게 내버려두라고 말했다.

엄마의 하루에 대해 자세히 듣고 싶었지만 엄마는 늘 간단하게만 말했다. 엄마가 왜 자세한 이야기를 안 하는지, 엄마처럼 어른이 되면 뭐든 별일 아닌 일이 되는 건지, 아니 그것보다 엄마가 왜 그렇게 매일 피곤한지 나는 몰랐다. 엄마와 같은 나이가 되어보니 알았다. 아르바이트를 끝내고 집에 오면 녹초가 됐다. 아무와도 말하고 싶지 않아 친한 친구에게서 걸려온 전화도 받지 않았다. 묵언수행 하듯 잠만 자던 시절, 내겐 양육할 아이가 없는데도 그렇게나 힘들었다. 당시의 엄마를 떠올릴 때면 미안했다. 그때 엄마는 얼마나 피곤했을까.

엄마의 고단함을 모르기에 어린이였다. 나는 밤마다 엄마에게 책을 읽어달라고 졸랐다. 엄마는 매일 책을 펴놓고 잠들기 일쑤였다. 책을 읽기는커녕 깨어 있는 일도 어려울 만큼 한없이 무거운 눈꺼풀을 보였다. 그러던 어느 날 엄마가 책을 덮더니 눈을 감고 다른 이야기를 시작했다.

처음에는 나도 알고 있는 전래동화를 들려줬고 다른 날에는 엄마 어렸을 때 이야기나 언니가 유치원생일 때 이야기를 동화처럼 꾸며서 들려줬다. 엄청 흥미진진했다. 아는 사람들이 나오는 이야기는 더 재밌었다. 전에 들었던 것과 비슷한 이야기인데 어느 날엔 엔딩이 바뀌기도 했다. 한참 듣다 보면 전개가 달라 신선했다. 전래동화와 우리 가족 경험담이 섞이는 버전도 있었다. 실재하는 이야기와 엄마가 지어낸 이야기의 경계가 모호해졌다. 이야기를 듣다가 우리 얘기인 걸 알아채면 웃음보가 빵 터졌다.

새로운 이야기를 연구할 여력이 없었던 엄마가 아예 이야기를 지어내기 시작한 거였다. 엄마의 창작 동화는 독창적이고 환상적이었다. 인어가 뭍으로 나오는 얘기는 나도 동화책에서 읽은 얘긴데? 그러다 인어가 갑자기 물 밖으로 나와 자전거를 타기 시작하면 그건 내가 아는 전개가 아니라서 몹시 호기심을 자극했다. 지금 생각해보면 엄마는 의식의 흐름에 따라, 아니, 잠결에 아무 말이나 쏟아낸 거였는데 당시 나는 책에서도 TV에서도 접하지 못한 엄마의 오리지널 스토리에 감탄했다. 매일 밤 다음 이야기를 듣고 싶어 애가 탔다.

"그래서? 그다음엔 어떻게 됐는데?"

엄마의 왼쪽 옆구리에 달라붙어 이야기를 듣던 나는 엄마의 침묵을 청취자를 애태우는 연출이라 생각하며 귀를 쫑긋 세웠다. 다음 전개를 재촉하다 보면 답이 없었다. 엄마 오른쪽 옆구리에 달라붙어 있던 언니가 끙, 하며 몸을 일으켰다.

"야, 엄마 또 잠들었다."

언니는 부엌으로 나가 엄마 스마트폰 화면에 나비 모양 패턴을 그려 잠금을 풀고 게임을 시작했다. 나는 졸리지 않은데도 엄마 왼쪽 옆구리에 계속 달라붙어 있었다. 언니는 엄마 스토리가 즉흥적으로 지어낸 이야기라는 것까지 다 간파하고 있었다. 잠들기 직전까지 이야기를 지어내는 것 이외에는 아무것도 할 수 없을 정도로 엄마가 힘들다는 걸 언니는 알았다. 어릴 때부터 언니는 역시 리얼리스트다웠다.

언니와 달리 나는 몽상가 기질이 있었다. 잠든 엄마 곁에서 엄마 팔뚝을 꼭 붙잡고 이야기의 다음 소절을 지어내기 시작했다.

"그래서 어떻게 됐느냐면, 내가 얘기해볼게. 인어가 탄 자전거가 도랑에 빠진 거야. 지나가던 고양이가 나타나 인어 꼬리를 앙, 하고 깨문 거지. 안 돼! 입맛 다시지 말라고!"

그러자 엄마가 잠결에 피식 웃었다. 엄마의 웃음을 응원 삼아 나도 신나게 이야기를 이어갔다.

"내가 막 달려가서 고양이를 꽉 껴안았어. 인어는 다시 자전거에 폴짝 올라탔지."

그 순간, 이상한 경험을 했다. 나는 고양이를 안은 채 자전거에 걸터앉은 인어 앞에 서 있었다. 엄마가 얼렁뚱땅 만든 이야기 속으로 들어간 거였다. 그날 나는 엄마와 인어와 고양이와 함께 여행했다. 그때는 꿈을 꾸고 있다고만 생각했다.

'아, 나 잠들었구나, 근데 이상하다, 오늘 낮에 계속 자서 졸리지 않았는데?'

그날 밤 인어와 고양이와 엄마와 함께 시끌벅적한 자전거 여행을 했다. 페달을 밟지 않고도 우아하게 자전거를 몰았던 인어가 바다로 돌아가는 길을 배웅했다.

인어 꼬리에 자꾸 목덜미를 비볐던 고양이는 온몸에 바다 향기를 묻히곤 한층 강인해진 뒷모습을 보이며 골목 안으로 사라졌다. 나는 엄마와 함께 집으로 돌아왔다. 그러곤 잠든 엄마 곁에서 눈을 떴다. 언니는 이야기 속에 등장하지 않았다. 언니는 엄마와 내가 함께 이야기를 만들 때 곁에 없었으니까. 언니는 리얼리스트니까.

나는 눈을 비비며 부엌에 나가 시계를 봤다. 그러곤 스마트폰 게임에 골똘한 언니한테 물었다.

"언니, 지금 아침이야?"

인어의 고향 바다를 거쳐 고양이가 사는 골목까지 들렀다 오느라 꽤 긴 여행이었다. 체감하기로 하루 이틀은 지난 것만 같았다. 언니가 게임을 방해하지 말라며 손을 휘젓고 핀잔만 줬다.

"얼른 씻고 잘 준비해."

"언닌 계속 게임만 한 거야?"

"게임 한 지 20분도 안 됐거든?"

이야기 속에서 긴 여행을 하고 왔지만 현실의 시간은 그다지 흐르지 않은 듯했다. 본격적으로 코를 골기 시작한 엄마, 게임 시작한 지 아직 20분밖에 안 됐다는 언니, 아까 본 것과 비슷한 시계와 심야 방송······. 나는 머리를 한쪽으로 기울였다.

그때 싱크대 위쪽 작은 창문 문틈으로 길고양이가 빼꼼 고개를 내밀었다. 이상하다? 우린 2층에 살고 있는데? 집이 반지하 방으로 바뀌어 있었다.

"언니, 우리 집 언제 이사했어?"

"뭔 소리야?"

현실과 이야기가 뒤섞이고 말았다. 나는 내가 어려서 혼란스러운 것이라고 생각했다. 내일 엄마에게 물어보면 되겠지, 생각하고 다시 잠자리에 들었다.

다음날 새벽, 출근하는 엄마에게 인어와 고양이의 인사를 전했다.

"엄마, 어제 인어가 고향에 데려다줘서 고맙다고 했어. 고양이도 인어 꼬리 깨물어서 미안하댔어."

엄마는 언제나처럼 의례적으로 '그랬어?' 하고 말하곤 현관을 나섰다. 책 속 이야기를 하는 줄로만 아는 것 같았다. 그땐 조금 헷갈렸다. 엄마도 분명히 이야기 여행 속에 있었는데, 너무 피곤해서 꿈꾼 걸로만 착각한 걸까? 아니면 어른들은 현실로 돌아오면 이야기 여행은 다 잊고 마는 건가? 엄마의 퇴근 시간이 더 늦어지면서 여행은 이어지지 못했다. 엄마가 일을 안 가면 좋을 텐데. 그럼 나랑 더 오래 여행할 수 있을 텐데. 엄마가 오래오래 쉴 수 있으면 좋을 텐데.

*

또 한 번의 이야기 여행은 초등학교 3학년 때쯤 경험했다. 우리 집에 송인이 놀러 왔던 날이었다.

송인은 평소 허풍이 심했다. 담임선생님이 자기에게만 편지를 줬다거나 우리 반 남자애 누구에게 사귀자는 고백을 받았다거나 하는 에피소드를 몹시 극적으로 묘사했다. 듣다 보면 그애가 드라마 주인공이라도 된 것 같았고 저절로 부럽단 생각이 들었다. 은혜는 유독 송인을 미워했다. 좋아하던 남자애가 송인에게 편지를 줬다며 은혜는 공개적인 자리에서 송인을 타박했다. 남자애 마음을 확인하고 싶으면 남자애를 타박해 물어볼 일이지 왜 송인에게 저런담? 별꼴이야. 나는 조금 거리를 둔 곳에서 그렇게 생각했다. 하지만 소심해서 차마 말로는 표현하지 못했다.

하루는 송인이 자기 집을 어마어마한 저택인 것처럼 묘사한 게 아이들 사이에서 문제가 되었다. 그동안 그 럴듯한 핑계를 둘러대며 절대로 친구들을 데려가지 않았던 송인의 집을 한 아이가 뒤를 밟아 알아냈다. 너무도 허름하고 가난한 집이었다는 증언이 있은 후 송인은 아이들 사이에서 완전히 거짓말쟁이가 되었다.

아이들의 신뢰를 잃은 뒤, 교실에서 송인의 목소리는 조금 작아졌다. 나는 학교에서는 송인과 그리 친하진 않았지만 방과 후 귀갓길 친구가 되어 수다를 떨며 친해졌다. 송인이 이야기할 때마다 독특한 분위기를 만들어내는 게 좋았다. 송인이 반 아이들 모두에게 거짓말쟁이로 찍힌 후에 우리는 오히려 단짝 친구가 됐다. 집에 가면 둘 다 혼자 지냈기 때문에 송인이 우리 집에 머물다 저녁 무렵 돌아가는 일이 일상이 됐다.

어느 날 송인에게 저택에 관해 물었다. 저택이 있다는 걸 전제하듯, 나는 다 안다는 듯 시치미를 떼며 물었다.

"너희 집 지하실 어마어마하게 넓잖아? 거기로 들어

가는 문은 얼마나 커?"

그러자 송인은 아주 잠깐 놀란 눈을 보이더니 입술을 한쪽만 올리고 씩 웃었다. 그러더니 천연덕스럽게 자기가 꾸민 이야기를 시작했다.

"사실 문은 아주 작아. 딱 내 키 정도야. 우리 가족 중엔 나밖에 못 들어가. 그래서 내가 지하실을 독차지할 수 있었지. 근데 비밀이 하나 더 있어. 아무때나 문을 열 수 있는 게 아니거든? 보름달이 뜬 날, 밖에서 길고양이들이 싸우는 소리가 들리는 순간, 제일 아끼는 인형의 영혼을 제물로 바쳐야 해. 그때만 지하실 문이 열려. 일 년에 한두 번 갈까 말까 해."

나는 송인의 가방에 달린 뽀작이를 가리키며 외쳤다. 뽀작이는 송인이 이름 붙인, 열쇠고리에 달린 작은 캐릭터 인형이었다.

"설마 너…… 지하실에 뽀작이 영혼을 바친 거야?"

송인이 목소리를 낮췄다.

"쉿! 우리 뽀작이는 지금 자기 영혼이 사라진 걸 몰라. 조용히 해!"

줄곧 한 곳만 바라보는 뽀작이의 눈길을 피하며 나는

나직이 송인에게 물었다.

"야…… 그럼 이제 뽀작이는 어떡해?"

"걱정하지 마. 뽀작이 영혼은 저택 지하실에서 놀고 있어. 가끔 가서 몸체와 합체하도록 해주면 돼."

"데리고 나와서 또 다음번 보름달에 영혼 분리하려고……?"

"얘가 진짜! 아무 데서나 막 발설하면 어떡하니……!"

송인이 내 입을 막은 그 순간이었다. 나는 송인과 함께 저택 지하실로 이동했다. 잠들지 않고서도 여행할 수 있었다. 그건 송인과 여행하면서 처음 발견한 사실이었다. 우리 둘은 신중하게 어둠 속을 걷기 시작했다. 송인이 큰 목소리로 경고했다.

"조심해. 거기 우당탕탕 바나나 껍질이 있어!"

"앗, 우당탕탕!"

나는 송인이 말한 우당탕탕 바나나 껍질을 밟고 미끄러졌다. 송인이 만들어낸 이야기 속의 일부가 된 순간, 우리 둘은 세상에 없지만 둘 사이엔 실재하는 장면 속으로 걸어들어갔다. 둘만의 약속으로 만들어낸 세계를 탐험했다. 이야기가 만들어낸 세계가 눈앞에 펼쳐졌다.

그곳은 이야기를 자기 경험의 일부로 동의한 사람들이 함께 체감하는 특별한 곳이었다.

그다음부턴 간단했다. 서로의 설정에 동의한 뒤 그 세계 속에서 각자의 역할을 감당해주면 됐다. 두 사람의 머릿속 그림이 일치하면 우리는 함께 그 세계로 건너갔다. 간단한 룰이었지만 지금 생각해보면 언제든 누구든 누구와 함께든 체험할 수 있는 건 아니었다. 어떤 사람은 그게 뭐냐고 말할 테고 또 어떤 사람은 유치하다고 말할 거였다. 이야기는 이야기일 뿐이라고, 몽상이고 망상일 뿐이라고, 나와는 상관없는 일이라고, 냉정하고도 이성적으로 슬며시 자신의 현실 밖으로 이야기를 내몰 것이다. 남의 이야기는 영원히 남의 이야기일 뿐, 자기 삶의 일부가 될 수 있는 가능성을 받아들이지 않을 거였다. 살다 보니 그런 사람들도 많았다.

두 사람, 혹은 두 사람 이상이 하나의 이야기를 현실의 연장처럼 받아들이는 일엔 상상력이 필요했다. 비슷한 감수성이 필요했다. 무엇보다 상대의 이야기를 나의 이야기로 즐길 줄 아는 유머감각도 필요했다. 누군가 만들어낸 세계 안에서 함께 놀려면 타인과 자신을 즐겁게 해줄 엔터테인먼트 능력이 필요했다.

한바탕 이야기 탐험을 끝내고 돌아오면 현실의 시간은 거의 흐르지 않았다. 그건 특별한 여행이 참여자에게 건네준 선물 같았다.

송인과 노는 건 정말 재밌었다. 같은 반 애들이 다 같이 송인의 저택 지하실에 가지 못하는 게 아쉬울 따름이었다. 어느 순간 아이들 사이에서 나는 송인의 허풍에 맞장구를 쳐주는 속없는 애라고 뒷담화의 소재가 된 모양이었다. 하지만 소문에 속상해할 겨를이 없을 정도로 송인과의 시간이 압도적으로 재밌었다.

송인은 어렸을 때부터 남동생과 둘이 이야기를 만들어 여행하는 일을 해왔다고 했다. 힘든 일을 겪을 때마다 여행한다고 했다. 반 아이들에게 송인이 거짓말쟁이로 공격받았을 때 나는 해줄 수 있는 일이 없어 속상했다. 그저 송인이 힘든 순간을 넘기는 방법을 나도 따라 해볼 뿐이었다.

송인과의 여행은 4학년 때까지 이어졌다.

어느 날 송인이 만들어낸, 무시무시하고도 웃기게 생긴 소품으로 가득 찬 엽기 호러 코믹 저택에 다녀왔다.

악마에 씐 비행 불량배 집단과 한바탕 대활극을 벌였
다. 그날 송인은 여러 번 쓰러졌는데 그때마다 뽀작이
의 활약이 대단했다.

"가자!"

뽀작이가 우리를 이끌었다.

"엽기 호러 불량 악마들! 죽어라!"

뽀작이가 앞장서 달려갔다. 커다란 손이 뽀작이를 짓
누르려 공중에서 위협적으로 움직였다. 나는 우물쭈물
하기만 했다. 그사이 뽀작이가 송인을 구해냈고 우리는
무사히 호러 저택을 빠져나왔다. 소동극이 막을 내린
순간, 뽀작이는 송인에게 정식으로 요구했다. 뽀작이의
영혼을 두 번 다시 분리하지 않겠다는 서약서였다. 나
는 달빛 아래서 둘이 영혼 상납 금지 조약에 서명하는
순간에 참관인으로 입회했다. 뽀작이가 워낙 날카롭게
쳐다보는 바람에 나도 뽀작이 이름 옆에 차차를 썼고
서약인 송인의 이름 옆에 내 이름을 썼다.

"한바탕 대활극이 끝났어. 아, 정말 재밌었어……."

송인과 뽀작이가 환하게 웃었고 나도 차차를 안고 배
가 아프도록 웃었다. 너무 웃다가 눈물이 날 정도였다.

왁자지껄 소동극을 끝내고 무사히 돌아온 후, 또 한 번 이상한 일이 벌어졌다. 그날 이후 송인을 다시 만날 수 없었던 것이다. 송인은 갑자기 학교에 나오지 않았다. 아이들에게 물어봤지만 다들 누굴 말하는지 모르겠다는 듯 어깨를 으쓱하곤 내게 등을 돌렸다. 아이들의 태도가 정말 이상했다. 아무리 허풍쟁이 송인이 밉다고 해도 이렇게 무시하기야? 내가 송인의 호구처럼 보였다는 소문, 너희도 기억하잖아? 아이들은 단 한 명도 제대로 답하지 않았다. 내가 교실 복도를 걸을 때마다 발을 쭉 내밀어 존재감을 드러내던 남자애가 웬일인지 다리를 내밀지 않았다. 평소 학생들에게 관심을 보이지 않던 양호 선생님이 괜히 나를 불러 별로 중요하지 않은 얘기를 물었다. 학교 앞 문방구 주인아저씨가 나를 보곤 무슨 말을 하려다 주인아주머니에게 저지당했다. 내가 지나가자 아이들이 모세의 기적처럼 양쪽으로 갈라졌다. 운동장 그늘 안에 앉아 있었더니 다른 아이들이 내 얘기를 했다.

"나현이가 더 힘들어질 거래. 그냥 두래."

이상한 말들이 나를 두고 흘렀다. 나만 독방에 갇힌

것처럼 갑갑했다. 그래도 최대한 평소처럼 생활하려 애썼다.

송인의 집에도 가봤다. 전부터 아무도 살지 않았던 곳인 것처럼 허물어진 모습이었다. 송인의 가족이 갑자기 먼 곳으로 이사를 떠난 듯했다. 연락도 낌새도 없이 떠나다니, 생각할수록 송인이 괘씸했다. 혼자선 저택 지하실에 갈 수 없었다. 차차의 영혼을 분리하지 않겠다고 서약까지 했으니 더더욱 그랬다.

멋진 여행을 끝내고 돌아오면 현실에 이상한 일들이 생긴다는 걸 처음으로 강렬하게 의식한 순간이었다.

'이야기를 멈춰야 해.'

아, 이제야 기억났다. 그즈음 나는 이야기 여행을 멈추기로 결심했었다. 함께 여행할 송인이 곁에 없기 때문이었지만 그게 전부는 아니었다. 여행에서 돌아오면 무섭고 슬픈 일이 연속해서 일어났기 때문이었다.

나는 망연한 심정으로 송인의 집 현관에 떠오른 글씨를 바라봤다. 저건 뭐지? 낙서인가?

제28차 메인플롯

'이벤트 기록 아이템을 찾아라'

퀘스트 클리어에 실패했습니다.

아이템이 있다고? 이벤트 기록 아이템? 아이템은커녕 이게 도대체 무슨 상황인지 알 수 없었다. 숨겨진 이야기에 더해 아이템까지 찾아야 한다고? 무슨 게임이 이렇지? 근데 내가 언제 게임에 참여하기로 동의했었나?

'내 인생은 누군가의 게임이 아니라고……!'

불쾌한 마음을 억누르며 멀리 작은 빛이 보이는 곳을 향해 걸어갔다. 주변 풍경이 천천히 변하기 시작했다.

*

나는 엄마 옆구리에 달라붙어 있었다. 오랜만에 엄마와 긴 여행을 떠난 날이었다. 그건 유년 시절의 마지막 여행이었다. 세상에서 제일 행복한 여행이었다. 엄마와 찾아간 그곳은 나의 미래였다. 엄마가 여행 안내인이 되어주었다. 나는 그곳에서 서른이 된 나를 만났다.

"나현아, 여기서 미래의 나현이를 만날 거야."

엄마의 말과 동시에 아파트 현관문이 열렸다. 환한 미소를 보이며 서른 살 나현이 젊은 엄마와 나를 집 안으로 들였다.

"뭐 하러 여기까지 왔어? 별거 없어. 그냥 사는 거지 뭐. 음료수 줄까? 어릴 땐 오렌지 주스를 그렇게 좋아했는데 언제부터인가 입맛이 바뀌었는지 요즘엔 신맛 별로 안 좋아한다? 엄마는 요즘도 블랙커피만 마셔?"

서른 살 나현이 나와 엄마를 거실 소파에 앉게 했다. 나는 집 안을 둘러봤다. 소파는 작았지만 귀엽고 편했다. 조심스레 허락을 구하고 나는 집 안을 여기저기 둘러봤다.

"막 만지면 안 돼. 나현아. 다른 데 가서도 저럴라."

엄마가 나무랐고 이어서 서른 살 나현의 목소리가 들렸다.

"뭐 어때, 여긴 괜찮지. 내 거는 다 네 거니까."

두 사람이 이야기하는 동안 나는 서른 살 나현의 집을 둘러봤다. 엄마 눈을 살짝 피해 책상 서랍도 열어봤다. 옷장도 화장실 거울 뒤에 숨겨진 공간도 전부 들여다봤다. 완벽하게 내 취향이었다. 소박하지만 단정하고 간결했다. 가지런히 늘어선 완벽한 일상이 그곳에 있었다. 내가 꿈꿨던 대로였다. 아니 그 이상이었다. 서른 살 나현은 건축 디자인과 미디어믹스를 전공해 전시 디자인 경력을 쌓아가고 있었다.

"지방 출장도 잦고 계절마다 한 번은 해외 출장도 가."

"대단하다, 멋있어!"

엄마가 맞장구를 쳤다. 서른 살 나현은 말을 말라는 듯 손을 저었다.

"어휴, 듣기에만 멋있지. 일정이 빡빡한데다 물품 바리바리 챙겨서 머리에 이고 어깨에 지고 다니느라 몸도 힘들고 진짜 정신없어. 관광이 아니라니까. 아무리 멋있는 풍경이 펼쳐져도 눈에 들어오지 않거든. 머릿속에선 아이고, 그거 안 가져왔네, 저것도 빼먹었네, 그건 여기서 구할 수 있나, 그런 생각뿐이지. 다른 걸 생각할 여유가 없어. 그래도 다 끝내고 집에 와서 맥주 한잔 딱 마시면 그게 그렇게 시원해."

엄마가 보여준 내 미래가 아주 마음에 들었다. 서른

살 나현은 옷차림도 세련됐고 머리 스타일도 연예인처럼 예뻤다. 가구도, 커튼 색감과 벽지 느낌도, 집 안에 깊이 스며드는 햇빛과 구석에 놓인 고양이 그림도 전부 좋았다. 내 마음에 드는 것만 쏙쏙 골라서 늘어놓은 것 같았다. 고양이 그림을 빤히 보고 있는 내게 서른 살 나현이 다가와 말했다.

"고양이 다섯 마리쯤 키우려고 했잖아? 근데 출장이 잦아서 도저히 키울 수가 없었어."

"더 커서 키워도 되잖아?"

나는 서른 살 나현에게 서른 살 이후의 미래에 대해 말했다. 서른 살 나현이 살짝 웃었다.

"그래. 좀 더 여유 생기면 꼭 키울게."

내 눈엔 그 삶이 여유로 가득 차 보였다. 세상을, 그리고 자기 자신을 사랑할 마음이 충분해 보였다. 그날 우리 셋은 오렌지색 노을이 스며드는 작은 거실에 나란히 누웠다.

"먼 데서 왔는데 진짜 별거 없어서 민망하네. 근데 꼭 별거 있어야만 좋은 인생인가 싶기도 해."

서른 살 나현이 말했다. 엄마가 친구처럼 응원했다.

"별거 있어도 좋지. 넌 특별하니까 더 특별한 삶을 꿈꿔도 돼."

"엄마야말로 특별한 거 꿈꾸며 살지 그랬어?"

"나야, 돈도 없고 기술도 없고 가진 게 아무것도 없었으니까. 그냥 먹고사는 데에 바빴지."

"엄마, 그런 식으로 말하지 마. 엄마가 늘 별거 아닌 것처럼 자기 인생을 묘사하는 거 듣다 보면 정말 속상해. 엄마가 어렸을 때 이야기 들려준 덕분에 나 이렇게 잘살고 있잖아. 엄마가 나를 자부하는 만큼 엄마도 자기 삶을 자부해야 해. 그럴 만해. 내가 그 증거야."

"알았어. 미안해. 나현이가 내 삶의 증거야."

엄마는 서른 살 나현에게 핀잔을 들으며 만족한 표정을 보였다. 우리는 서른 살 나현에게 인사하고 그의 아파트를 나왔다. 조금 더 머물고 싶기도 했지만 딱히 아쉽지 않았다. 언제든 찾아갈 수 있을 거였다. 그리고 서른이 되면 직접 만나게 될 장면일 거였다.

"서른 살 나현이 되게 멋지다. 그렇지, 나현아?"

엄마가 내게 물었다.

"응, 나도 지방 출장 가고 해외 출장 가고 싶어. 건축 디자인이랑 시각 디자인 공부하고 싶어. 재밌을 것 같아."

"그래, 서른 살 나현이가 더 잘살도록 네가 준비해 줘."

"응, 서른 살 나현이는 여유가 없어서 고양이도 못 키운다고 했잖아. 그러니까 내가 여유롭게 만들어줘야 할 것 같아."

"와, 그럼 되겠다."

"고양이를 다섯 마리 키우려면 집도 더 넓으면 좋겠지? 마당도 있으면 좋을 거야. 그리고 2층에 엄마랑 언니가 같이 살면 좋겠어. 그러니까 아파트 말고 단독 주택으로 이사를 해서……. 어?"

아파트에서 나온 뒤 한 가지 의아한 점을 느꼈다.

"근데 여기 말이야. 언니랑 엄마는 어디서 사는 거지?"

"글쎄? 다른 곳에서 살고 있겠지."

엄마는 예사롭게 말을 얼버무렸다.

서른 살 나현과 만나고 긴 여행에서 돌아온 날이었

다. 언니가 보이지 않았다. 세간이 눈에 띄게 적어진 비좁은 방에서 엄마와 나는 눈을 떴다. 창문이 없어 답답했다. 옷장 속에서 차차와 웅크리고 있었던 순간이 떠올라 더 갑갑했다. 눈을 감으면 붉은 뱀이 보여 무서웠다. 호흡 곤란을 느끼자 엄마가 다가와 심호흡을 유도했다.

"엄마? 여긴 어디야? 언니는? 언니 어디 갔어?"

그러자 엄마가 멍한 눈빛으로 낯선 사람처럼 말했다.

"언니는 없어."

"뭐? 우리 언니 어디 갔는데?"

나는 밖으로 뛰어나갔다.

"언니! 미현 언니! 고미현! 우리 언니 어딨어!"

언니 이름을 부르며 아무나 붙잡고 언니를 아느냐고 물어봤다. 똑똑하고 천재 같고 야무진 우리 언니가 없다니? 엄마가 변한 거야? 사방이 조용했다. 사람들이 모두 뛰어나와 무슨 일이냐고 물어봐주길, 다 같이 언니를 찾아주길 바랐지만 아무도 다가오지 않았다. 빼꼼 열렸던 창문이 슬쩍 닫혔다. 무척 화가 났다.

"저기요! 우리 언니 못 봤어요?"

한밤중에 골목에서 소리를 질렀다. 아무도 대꾸하지 않았다. 동네 풍경도 달라져 있었다. 이층집도 반지하도 아니었다. 언니를, 우리 가족을 기억하는 사람이 없었다. 나는 엄마 손에 이끌려 다시 좁은 방으로 돌아왔다. 엄마와 들어온 건물 입구에 고시텔이라는 글자가 보였다. 좁은 방에는 달랑 이불과 옷 몇 벌뿐이었다. 아무도 목소리를 높이지 않고 숨소리마저 조용했다. 하지만 사람들이 바짝 곁에 붙어 누워 있는 것처럼 바로 옆에서 인기척이 느껴졌다. 그날 밤 너무 서러워서 언니를 부르며 밤새 울었는데 옆방 사람이 쿵쿵 벽을 쳐서 더 울 수 없었다. 소리 내어 우는 일이 서로에게 너무 미안할 정도로 가까운 거리였다. 이렇게 가까운 곳에서 타인이 잠을 청하고 있다는 게 부담스러운 공간이었다.

고시텔에 머물며 엄마는 다시 새벽부터 일을 나가기 시작했고 나는 변해버린 동네에 남았다. 당분간 학교에 가지 않아도 된다고 했지만 기쁘지 않았다. 사람들 발소리에 오래 귀를 기울여도 언니 발소리는 다가오지 않았다. 번쩍 눈을 뜰 일도 없었다. 그래서 계속 잠만 잤다.

줄곧 꿈꾸었던, 그리고 그 이후로도 오래오래 꿈꿀 소박하고 행복한 미래를 엄마는 내게 미리 맛보게 해줬다. 하지만 현실로 돌아오면 전혀 행복하지 않았다. 똑똑하고 천재 같고 야무진 언니가 없는 현실이라니. 언니의 존재와 나의 미래를 맞바꾸기라도 한 듯해 허망했다. 매일 밤 엄마가 이야기 여행을 가자고 손짓했지만 나는 고개를 저었다. 엄마 이야기 속으로 떠날 수 없었다. 엄마가 내게 보여주고 싶은 세상은 내가 건강하고 멋지게 하루하루를 살아가는 곳이었지만 그곳은 엄마도 언니도 없이 나 혼자만 행복한 세상이었다. 여행 후에 떠올리니 서른 살 나현은 홀로 자유로워 보였다. 그게 몹시 슬펐다.

어느 날 엄마 몰래 버스를 타고 물어물어 이전에 살던 동네를 찾아갔다. 반지하 우리 집 현관문은 굳게 닫혀 있었고 동네 길고양이가 들여다보았던 부엌 작은 창문은 깨져 있었다. 깨진 창문 틈으로 안을 들여다봤지만 아무것도 보이지 않았다. 터덜터덜 동네를 하염없이 걷다 슈퍼 아주머니를 만났다. 나는 달려가 다짜고짜 물었다.

"아줌마! 우리 언니 봤어요?"

날 알아본 아줌마가 당황했다. 아줌마는 일그러진 얼굴을 하고 다가오더니 내 얼굴을 양손으로 감쌌다.

"나현아. 미안하다. 너희 엄마가 나한테도 신신당부했어. 미현이는 이제 없어. 애초에 언니는 없었던 거야."

아줌마는 우리 언니의 이름을 부르면서도 애초에 언니가 없다고 말했다. 그런 모순되는 말이 어딨어요? 초등학생도 알아차릴 정도로 허술한 거짓말이었다.

"거짓말! 다들 거짓말 좀 하지 말라고요!"

나는 아줌마 품에 안겨 울었다. 한참 주저앉아 울다 눈을 떴다. 아무도 없는 골목길 벽면에 글씨가 보였다.

제29차 메인플롯

'이벤트 기록 아이템을 찾아라'

퀘스트 클리어에 실패했습니다.

골목길 벽면에 떠오른 글씨에 기시감을 느꼈다. 세상이 무너지는 것 같은 순간마다 만났던 메시지였다.

아, 그래. 아이템을 발견해야 해! 그런데 무슨 아이템? 숨겨진 이야기도, 아이템도 발견할 수 없었다. 아프고 외로웠던 유년 시절 속엔 숨길 이야기도 없었고 밝혀낼 이야기도 없었다. 지긋지긋했다. 인생은 게임이아닐 뿐더러 어떻게 해도 클리어되지 않는 재미없는 수수께끼 같았다. 아니, 몽땅 에러 같기만 했다. 나라는 존재를 포함해.

나는 아무런 의욕을 느끼지 못하고 그 자리에 주저앉았다. 눈앞에 흐르는 과거의 풍경을 멍하니 바라볼 뿐이었다.

*

그 후 전학했고 일상을 이어갔다. 송인처럼 우리만의 이야기를 만들어내는 친구는 흔치 않았다. 아무도 언니를 언급하지 않는 곳에서 나도 점점 처음부터 언니가 없었던 것처럼 생각하게 됐다. 언니가 만들어준 종이 장난감도 없었고, 언니가 물려줬던 차차도 어디론가 사라지고 없었다. 송인도, 뽀작이도 없었다. 아, 나는 원래 혼자였지. 조금 슬프지만 그렇게 생각하니 마음은 편했다.

우울한 어느 날 밤, 팔베개를 해준 엄마가 서른 살의 나를 만나러 가자고 했다. 나는 고개를 끄덕였다. 어떻게 된 일인지 서른 살 나현이에게 물어보고 싶었다.

나현의 아파트에 들어갔다. 엄마는 잠깐 산책을 하고 오겠다며 자리를 비켜줬다.

"우리 미현이 언니가 애초에 없었다는데 그게 무슨 뜻인지 알아?"

"조금 혼란스러운 이야기인데 그래도 초등학교 5학년이면 다 이해할 수 있지?"

서른 살 나현이 나를 어린애 취급하며 설명하기 시작했다.

"나는, 아니, 우리한테는 엄마도 아빠도 언니도 없었어."

"뭐라고?"

그의 말에 몹시 기분이 나빠졌다.

"거짓말 좀 하지 마. 제대로 설명을 해봐. 다 이해할 테니."

"너에게 새로운 과거를 선물하고 싶었어. 엄마와 언니와 행복하게 살았던 시절을 말이야. 비록 아주 잠깐이더라도 꿈처럼 추억하도록."

"무슨 소리야? 엄마랑 언니랑 보낸 시절이 다 거짓말이란 거야?"

"응. 힘들고 고되지만 사랑받았던 시절을 기억하며 살게 하고 싶었어. 그런 추억마저 없으면 너무 힘들 것 같아서."

"아니! 나 지금도 충분히 힘들거든? 그러니까 다 제자리에 돌려놔. 부탁할게."

"잘 들어, 나현아. 지금부터 넌 혼자가 될 거야. 그게 너의 진짜 현실이야. 그렇지만 살아질 거야. 살아가게 될 거야. 살아가야 해. 알았지? 너의 미래에서 내가 기다리고 있을게."

이게 무슨 일이람? 혹시 엄마가 날 떠나려고 이런 이야기를 지어낸 거야? 믿을 수 없었다. 우리 엄마, 거짓말쟁이였어? 엄마가 언니를 세상에 없던 사람으로 만든 거였어?

"거짓말이지! 거짓말이야!"

나는 소리쳤다. 이게 전부 거짓말이라면 차라리 평생 거짓말 속에 살게 해줘! 나한테서 엄마랑 언니를 빼앗지 말아줘. 서른 살 나현은 애원하는 나를 차갑게 바라봤다. 나는 비명을 지르며 눈앞에 보이는 모든 것을 엉망으로 헝클어트렸다.

"이런 거 필요 없으니까 돌려놔! 빨리!"

그는 내가 하는 행동을 물끄러미 바라만 보았다. 사위가 조용해졌다.

주변을 둘러봤다. 이상한 곳에 뚝 떨어져 있었다. 고시텔이 아니라 낯선 집이었다. 현관 앞에 문패가 보였다.

사르밧 베이킹 공방
- 마르지 않는 밀가루와 기름을 네게 허락하리라 -

눈앞의 상황을 이해할 수 없었다. 엉망이 된 집, 지진이라도 난 듯 박살난 공간. 그리고 핏자국이 보였다. 밀가루와 아직 포장하지 않은 빵이 여기저기 흩어져 누군가의 흙발에 짓이겨 있었다.

문이 벌컥 열렸고 공사장 인부로 보이는 차림의 아저씨들이 나를 끌어냈다.

"뭐야? 아직 애가 있잖아?"

"야, 빨리 나가. 건물 부순다고."

"왜요? 우리 엄마는요?"

"내가 어떻게 알아?"

나는 마당으로 끌려나오며 덜덜 떨었다. 사람들의 얼굴을 쳐다봤지만 무서워서 제대로 눈을 마주칠 수 없었다. 사람들 얼굴이 뿌옇게 일그러졌다. 빗물처럼 쏟아지는 말들, 뜻을 정확히 알 수 없었다. 나는 귀를 막았다. 작은 단독 주택 앞마당에 멍하니 서 있었다. 마당에서 작업자들이 누군가의 지시에 따라 일사불란하게 움직였다 흩어졌다. 어두운 커튼이 내려가는 것처럼, 영화 속 암전처럼 주변 풍경이 검게 뒤덮이고 있었다. 무언가 이야기를 숨기고 있다는 암시 같았다. 어둠 속에서도 풍경이 처참하다는 것을 느낄 수 있었다. 내가 뭔가 중요한 것을 놓쳤다는 것도.

이게 숨은 이야기인가? 결국 내가 혼자라는 현실을 말해주는 거야? 게임의 기획자가 있다면 묻고 싶었다. 그걸 말하고 싶은 거야? 이렇게 뻔하고 재미없는 게임을 왜 만들었어? 도대체 왜?

서른 살 나현이 속삭였던 말도 떠올랐다.

"나현아. 이건 다 거짓말이야. 네겐 엄마도 아빠도 언니도 원래 없었어. 이전 기억은 모두 싹 다 잊어버리고 혼자 살아가야 해. 너만의 이야기 속에서 네 미래를 향해 나아가렴!"

엄마와 탐험한 여행도, 언니와 보냈던 시간도, 송인과 건너간 세계도 다 잊고 도대체 나보고 어디로 가란 말이야?

나는 허공을 향해 외쳤다. 숨겨진 이야기 따위는 없다. 그게 내가 찾아낸 결론이었다. 이 지루한 게임을 종료하고 싶었다.

"나만의 이야기 같은 건 없어. 숨겨진 이야기도 없어. 내가 만든 이야기는 없다고. 다 엄마가 만든 얘기였고 송인이가 만든 얘기였잖아!"

있는 힘을 다해 소리쳤다. 아무도 답하지 않았다. 서

른 살 나현이 말한 대로였다. 게임 기획자도 내게 대꾸
하지 않을 모양이었다.

그날 이후 나는 혼자 살아갔다.

이야기 여행에는 감당하기 힘든 크나큰 부작용이 있
었다. 특별한 여행에서 돌아오면 현실은 이전보다 훨씬
엉망이 되어 있었다. 매번 그랬다. 송인이 사라진 것도
이야기의 부작용일지 몰랐다.

중학교에 입학하기 직전, 나는 혼자가 됐고 내 의지
와 상관없는 곳으로 보내졌다. 내 뜻과 상관없이 짐을
쌌고 이리저리 이동했다. 홀로 남은 나는 결심했다.

'더 이상 이야기 따위에 속지 않을 거야.'

엄마는 거짓말쟁이였어. 내 인생을 온통 뒤죽박죽으
로 만들어버린 비참하고 끔찍한 이야기를 건네고 사라
져버린 거야. 엄마와 언니와 살았던 추억을 내게 선물
해줬다는 나현의 말을 도저히 믿을 수 없었다. 옛 추억
은 비참하기만 했으니 선물이 될 수 없었다.

나는 그날 이후 더 이상 이야기를 꿈꾸지 않았다. 아
니, 어떤 이야기도 믿지 않았다. 현실을 더 너절하고 가

혹하게 만드는 쓸데없는 이야기에 빠져선 안 됐다. 이야기는 끝났지만 내 현실은 계속 이어졌다. 세상의 많은 이야기는 고난을 거쳐 해피엔딩이 되기도 하지만 내 현실은 영원한 배드엔딩, 아니 악화일로였다. 나는 이야기를 버렸고 이야기도 나를 상관하지 않았다.

혼자가 된 후 나는 몽상가 기질을 버렸다. 재미없는 어른이 되어갔다. 어쩌면 조금 성장하고 있는지도 몰랐다. 어차피 나는 남의 이야기를 즐기는 재능이 있었을 뿐이었다. 이야기를 시작한 건 내가 아니었다.

나는 보육 시설에서 중고등학교 시절을 보냈고 보호 종료 후 퇴소한 시설 아이들과 함께 공동생활을 했다. 원하는 건 하나뿐이었다. 어차피 혼자인 삶, 제발 독립해 혼자 살고 싶었다. 수면 시간까지 줄이며 아르바이트를 했다. 보증금 1천만 원만 모으자던 소박한 계획은 자꾸만 미뤄졌다. 결국 원했던 조건을 낮추고 버린 뒤 독립했다. 대학 입시는 여러 번 미루다 결국 포기했다. 다만 습관처럼 헌책방에서 건축 디자인 책을 사봤다. 뭐에 사로잡힌 것처럼 도서관에 들러 시각 디자인 잡지만큼은 매달 꼬박꼬박 챙겨봤다. 수강료가 저렴한 인터넷 강의를 찾아 포토샵과 일러스트레이터, 인디자인, 전시 디자인을 배웠다. 최저 시급이었지만 단기 홈쇼핑 디자이너로 일하기도 했다. 서른이 되어 전시 디자인 실무자로 일할 수 있을지, 볕이 잘 드는 작고 안락한 아파트에서 살 수 있을지 불확실했다. 디자이너 직은 오래가지 못했다. 점심시간도 제대로 챙길 수 없었고 갑작스러운 데드라인은 일상이었다. 절충할 수 없는 부조리한 상황은 몽땅 비정규직인 내 탓이 됐다. 일을 더 하고 싶어도 단기 프로젝트가 끝나면 잘렸다. 나보다 더 빠릿빠릿하고 더 값싸게 부릴 수 있는 고학력 젊은 여성이 널려 있다는 말만 들었다. 편두통에 고통받던 어느 날, 어깨 경직이 왔다. 건축이나 전시 디자인과 달랐지만 그래도 디자인을 업으로 삼고 싶었는데 그것마저 계속할 수 없었다. 퇴직 후 어깨와 손목 치료를 받으며 깨달았다.

'여기까지구나.'

이런 식으로 서른 살까지 버틸 이유가 없었다. 월급을 받아봐야 치료비로 다 날아갔다. 노을이 잘 스며드는 아파트, 일조권이 있는 일상은 먼 나라 얘기였다.

시간이 지날수록 또렷이 알게 됐다. 서른 살 나현의 삶도 엄마가 꾸며낸 이야기였다. 마지막 순간, 서른 살 나현이 '너의 미래에서 기다리고 있겠다'고 말한 것까지 모두 거짓말이었다. 동네 편의점 심야 아르바이트를 하며 서른 살 생일을 맞았다. 삶이 지독한 블랙 코미디 같았다. 이런 결말일 줄 알면서도 괜히 희망을 놓지 못했다. 재미도 없는 이야기의 주인공이라는 사실이 참담했다.

헛된 희망이 주는 배신감을 삼키며 나는 냉정한 사람이 되어갔다. 단란한 가족 애기가 나오는 드라마나 영화는 안 봤다. 언니나 오빠와 싸웠다는 친구 애기에는 감흥이 일지 않았다. 언니를 좋아하면서 항상 경쟁했다는 식의 이야기에도 심드렁했다. 사랑하는 사람과 결혼해 겨우 가족이 되는 해피엔딩엔 몸을 배배 꼬았다. 가족을 지키기 위해 우주 괴물과 싸우는 할리우드 영화 따위에도 코웃음 쳤다. 권선징악과 해피엔딩을 특히 경멸했다. 열심히 노력하면 누구나 아름다운 미래를 만날 수 있을까? 나는 운 없는 사람들을 대표해 냉소했다.

그러다 문득 깨달았다. 세상에 내가 사랑하는 게 하나도 없다는 걸. 나는 그 누구도 사랑하지 않고 그 누구에게도 사랑받지 못한다는 걸. 그래서 나조차 나를 사랑하지 못한다는 걸.

'그래도 사랑받으며 살았던 시절이 있었는데?'

그 추억마저도 착각일지 모른다는 생각에 이르자 비참했다. 길을 걷다 울음이 터져 멎지 않았다. 사람들이 무심한 눈으로 나를 흘깃 바라봤다.

'또 이런다.'

이상한 기시감이 들었다. 내가 나를 미워한다는 사실을 이 인생에서 도대체 몇 번이나 느껴야 하는 걸까?

그 순간 정류장에 멈춰 선 버스 광고에 한 줄 글씨가 떠올랐다.

제30차 메인플롯

'이벤트 기록 아이템을 찾아라'

퀘스트 클리어에 실패했습니다.

절망뿐인 답 없는 세상, 애매한 문제를 클리어해 시

원한 결말 따위를 발견하긴 힘들 것 같았다. 숨겨진 이
야기를 찾으라고? 무의미한 내 삶에서 의미를 찾아내
는 것만큼이나 불가능해 보였다.

제3부

[메인플롯] : 내 이야기가 없는 세상

돌아보면 '이러다 병원비가 더 나오겠다' 싶은 아르바이트 자리에만 채용됐다. 줄곧 바쁘게 살았다. 달력 색깔이 흑백사진처럼 보였다. 빨간 날 대신 '월화수목금금금' 검은 날을 채워넣었다. 일하면서 세무, 회계, 부동산, 요양사 자격증 시험도 준비했다. 가히 시간에 틈새를 만드는 마법을 부린다 해도 과언이 아니었다. 대학을 졸업해봐야 도무지 배운 게 없다는 대졸자들의 말을 고졸인 내가 팩트로 만들고 싶었다. 독학으로 건축 디자인을 공부했고 몇 가지 자격증도 땄다. 하지만 자격증은 열쇠가 되지 못했다. 어떤 관문에도 진입이 허락되지 않았다. 아무것도 시작되지 않았고 아무것도 자부하지 못한 채 삼십대를 보내고 있었다. 반드시 만날 거라고 굳게 믿었던 미래는 끝끝내 날 찾아주지 않았다.

다 끝난 것 같은 인생, 새로운 삶이 나를 찾아올까? 의문을 억누른 채 문제집을 노려보며 점점 단답형 인간이 되어갔다. 문제집 속 정답을 찾다 보면 단순해졌다. 그래, 출제자조차 별생각 없었을 텐데 괜히 복잡하게 생각하지 말자. 어차피 세상에 정답이란 없을 테니까. 다만 어딘가에 유사한 일을 겪은 사람들의 기출문제집 정도는 있으리라, 내가 보고 있는 문제집이 그중 하나이리라, 그렇게 믿고 싶었다.

가끔 꿈꾸듯 서른 살 나현의 아파트를 떠올렸다. 선호하는 것만으로 가득했던 공간, 소박하고 단단한 일상. 나의 서른엔 허락되지 않았다. 근데 내게 안락한 미래가 반드시 도래할 거라고 착각하게 만든 사람은 누구였지? 아련하게 서글픈 기분이 들 때마다 허망한 꿈을 꾸게 만든 그 사람, 얼굴도 잘 기억나지 않는 그 사람에게 왈칵 화가 났다.

다른 자격증에 비해 나이나 스펙에 관대하다는 이야기를 듣고 스터디 카페에서 관세사 문제를 노려보던 어느 날이었다. 해외 유학파들과 과연 경쟁이 될까? 초조함과 열패감에 좀처럼 집중이 되지 않았다. 곁에 앉은 사람이 무음 키보드를 살짝 누르기만 해도 머릿속에서 소음이 엄청나게 증폭되었다. 그때 옆자리에 앉은 남자가 사각사각 소리를 냈다.

'연필이라니, 레트로하다.'

남이 만드는 소리는 아무리 뭉툭해도 날카롭게 들리는 법인데 그의 연필 소리는 거슬리지 않았다. 아니, 아주 마음에 들었다. 매일 밤 창문 없는 고시텔에 돌아와 연필 소리 ASMR을 찾아 들으며 잠들었다. 그 후론 습관처럼 연필 남자를 찾았다. 라이브 연필 소리를 듣고 싶어 일부러 그의 옆에 앉았다. 그는 매번 나보다 일찍 도착해 있었고 사람들은 그의 옆자리를 기를 쓰고 피했기에 내 자리도 덩달아 고정석이 됐다. 연필이 종이를 스치며 불규칙하게 사각대는 소리가 말할 수 없이 평온한 기분을 선물해주었다. 넋 놓고 그가 만들어내고 있는 소리와 선을 지켜보는 지경이 되었다. 몇 번 시선이 마주친다 싶더니 어느 날 그가 잘 깎은 4B 연필과 손바닥만 한 작은 스케치북을 내게 건넸다. 엉겁결에 받아들고 나도 사각사각 소리를 만들었다. 그림은 못 그렸고 연필 소리로 리듬을 빚어냈다. 그가 사각, 하며 내는 소리에 맞춰 나도 사각, 하고 소리를 냈다. 두 개의 소리가 겹치며 머릿속을 가득 채웠다. 그날 우리는 나란히 스터디 카페에서 쫓겨났다. 연필 남자, 아니 태인과는 연인이 됐다.

그는 취미로 개그 만화를 그리고 있다고 했다. 공인중개사 시험 스트레스를 만화로 승화시키며 내란 역모 욕구를 억누르고 있다나? 만화 배경은 무지개를 넘어야 도착할 수 있는 냥나라 행성. 그곳에서 냥고라는 날쌘 전사가 활약한다. 악당들도 있었는데 고양이 스프를 먹어야 관절 질환이 낫는다고 믿는 전근대적인 인간들이었다. 미신과 거짓 소문에 잘 휘둘리는, 팔랑거릴 정도로 마음이 얄팍한 인간들, 눈 하나 깜짝하지 않고 다른 생명들을 잔혹하게 대하는 '류머티즘 종족'들이 이야기 속 빌런이었다. 이들은 매번 '너만 힘드냐?' 하는 대사를 읊으며 냥아치들을 냄비에 밀어넣었다. 그 순간, 작지만 날쌘 전사 냥고가 등장했다. 류머티즘 종족들이 납치한 똥꼬발랄 냥아치들을 구하기 위해 냥고는 끓기 시작하는 냄비에 뛰어들었다.

나는 태인이 만든 냥고 이야기에 폭 빠지고 말았다. 부동산 갭 투기와 집값 담합, 탈세를 당당히 저지르는 다주택 임대사업자들이 고양이 스프를 원하는 '류머티즘 종족'이라는 설정도 마음에 들었다. 유치한 그림체와 달리 이야기는 사회 비판적이면서도 동시에 교훈적이었다. 예비 공인중개사의 고뇌와 비애가 느껴졌다. 직업윤리와 인생관 사이에 낀 청춘의 딜레마 같았다.

태인과 나는 도서관 옥상이나 카페, 놀이터 벤치 등 장소를 가리지 않고 나란히 앉아 스케치북을 까맣게 칠하며 수다를 떨었다. 두 달 후엔 집을 합쳤다. 매일 아르바이트를 끝내고 귀가하면 함께 저녁을 먹고 공부했다. 그의 곁에서 단답형 문제들을 노려보면 다섯 개 선택지 중 하나는 정답이라는 게 어디냐 싶어 안도의 한숨이 터졌다. 우리는 매일 밤 냥나라 행성 스토리를 같이 구상했다. 어느샌가 내가 태인의 설정을 다 이해했을 뿐만 아니라 새로운 설정을 가미할 정도가 되었다. 처음에는 태인도 그 아이디어를 사용해도 되느냐고 물었지만 얼마 후엔 일절 묻지도 않고 적극적으로 콘티에 채택했다. 우리 둘의 이야기는 점점 얽히고설켜 누가 처음 제시한 아이디어인지 모를 지경이 되었다. 급기야 태인은 내게 공동 스토리 작가를 제안하며 손가락 세 개를 내보였다. 7 대 3, 내게 허락된 3이라는 숫자가, 숫자가 허락해준 지분이 상당히 감격스러웠다. 나 같은 어설픈 인간도 이야기에 일조할 수 있다고? 이야기라는 세상 속에 내 몫이 있었다. 그동안 줄곧 내 인생에 허락되지 않던 작은 자리를 드디어 만난 기분이었다. 그제야 문득 깨달았다. 내가 이야기를 얼마나 사랑하는 사람인지를…….

태인과 함께 보낸 순간은 어떤 식으로든 이야기 안으로 들어왔다. 함께 요리를 만들고 음식을 나눈 일, 어떤 일에 대해 함께 목소리를 높인 일이 모두 냥나라 행성속 이야기가 되었다. 우리가 용납할 수 없는 사람들과 사건들이 이야기 속 악역이 됐고 갈등이 되었다. 우리둘이 동시에 사랑하는 일이 이야기의 결말이 되었다.

태인은 귀가 조금 얇긴 했지만 꽉 막힌 사람은 아니었다. 나는 그가 상대방의 이야기에 집중할 때 만들어내는 미간 주름을 좋아했다. 무슨 일에든 열심히 임하는 모습도 좋아했다. 그의 드로잉 북은 새까맸고 공인중개사 기출문제집은 너덜너덜했다. 만화책도 설정과 대사를 꼼꼼히 메모하며 읽었고 약간 감동적인 영화도 매우 감격하며 봤다. 별로 안 유명한 사람의 인터뷰도 리얼타임 위인전 보듯 호들갑스럽게 대했다. 함께 보드게임을 할 때면 자기 수명을 몽땅 판돈으로 건 듯 필사적이었다. 그럴 때면 싸움 나지 않도록 요령 있게 잘 져줘야 했다. 아슬아슬하고 간당간당하게 지는 게 중요했다. 온라인 게임을 플레이할 땐 온갖 치트 키를 동원하면서도 뻔뻔하고 당당했다. 땀을 뻘뻘 흘리는 걸 봤기에 치트 키 쓴 걸 지적하기도 조금 민망해질 지경이었다. 고작 이런 거에 뭘 그렇게 열심이냐고 피식 웃는 내게 태인이 능청스러운 표정을 보였다.

"야, 필사적으로 노력하는 사람이 편법 쓰는 타이밍도 아는 법이라고."

천연덕스러운 표정 앞에서 싸늘하기만 했던 나의 냉

소도 조금 미지근해졌다. 태인과 같이 지내면서 나는 조금 달라졌다. 서른 살, 예정된 줄로 알았던 미래엔 도착하지 못했지만 인생이 다 끝난 건 아니었다. 기대했던 종착지는 아니었을지언정 태인이 없었으면 떠올리지 못했을 생각에 나는 도착할 수 있었다.

우리는 냥고 이야기에 사소하고 중요한 것들을 모두 담았다. 아니, 사소하다 취급받을수록 더욱 중대해지는 일들을 이야기 세계 속에 불러왔다. 이야기로 만들어 낼, 사소할수록 중대한 일들이 아주 많았다. 매일 밤 이야기 속에 푹 파묻혔다. 이야기가 내 곁에 머물자 비로소 살아 있다는 생각이 들었다.

내가 각색에 참여한 뒤에는 태인의 설정 중 허술한 지점이 못마땅해지기도 했다.

"야, 냥고는 그런 야비한 캐릭터가 아니지."

내 지적에 태인도 발끈했다.

"아니, 냥고는 헐렁한 애야. 애초에 내가 그렇게 만들었으니까."

그럴 때면 3이라는 지분을 바닥에 팽개치고 계약을 파기하고 싶었지만, 나는 욱하는 기분을 억누르며 태인을 설득했다.

"아니, 냉고를 네 입맛에만 맞는 애로 만들 순 없어. 이젠 우리가 같이 만들고 있으니까. 공동작업이라면 합의해야 해. 너 혼자만의 최선이나 차선이 아니라 너랑 나의 차선을, 그래서 우리의 최선이 되는 선택지를 찾아야 한다고."

냉고를 정의롭고도 멋진 히어로로 빚어내는 데에는 까다로운 조율 과정이 필요했다. 내가 제시한 설정을 두고 태인은 늘 보던 패턴이라며 자주 '올드하다'고 표현했다. 그럼 정의롭지 않아야 새로운 거야? 동의할 수 없었다. 그래서 올드하다는 말에 섞인 모멸감을 삼키며 반박했다.

"'본업존잘', 히어로는 정의롭지 않으면 히어로가 아니다. 인정?"

태인이 좋아하는 고뇌하는 히어로, 인간미 있는, 아니 고양이미 넘치는 요소는 얼마든지 넣을 수 있다. 하지만 사이코패스나 나르시시스트 히어로는 보고 싶지 않았다. 주인공 캐릭터가 무너지는 일은 막아야 했다. 나는 끈질기게 태인을 설득했다. 단순히 설정을 조금

바꾸는 일이 아니라 태인의 인생관을 바꿔야 하는 일이었다. 지난한 토론 끝에 냥고가 고뇌한다는 명목으로 비겁해지는 장면은 막았다. 태인도 내가 선호하지 않는 요소를 피했다. 우리는 공동 작업의 적정 라인을 찾아갔다. 우리가 합의한 냥고 캐릭터는 점점 흔들리지 않게 되었다.

한 가지, 우리는 엔딩을 결정하지 못했다. 태인은 절망 속에서도 삶이 계속되는 결말을 원했다. 태인의 애초 구상은 이랬다. 냥고가 최종 빌런과 싸운 후에도 류머티즘 종족은 더 악랄해질 것을 예고하면서 악역으로 남는다. 여전히 호시탐탐 입맛을 다시며 냥아치 스프를 원한다는 결말이었다. 어이구 지겨워, 나는 한숨을 크게 쉬곤 대놓고 반대했다. 내 눈치를 살피던 태인은 냥아치들을 돌보는 캣맘, 캣파파를 추가로 빼꼼 등장시키자고 제안했다. 어쨌든 다 같이 살아가는 이야기로 마무리하자는 거였다. 태인은 그게 이야기다우면서도 현실적인 결말이라고 했다.

나는 지지부진한 이야기는 원하지 않았다. 답답한 현실이 고스란히 반영된 이야기는 싫었다. 현실을 직시하고 싶으면 다큐멘터리를 보면 되잖아? 나는 류머티즘 종족들이 완전히 파국을 맞는 스토리로 가자고 강하게 주장했다. 이것만은 태인과 타협할 생각이 없었다. 지금껏 내 이야기에 팔랑대는 귀를 보였던 태인은 그동안 자신이 양보한 것에 앙갚음이라도 하겠다는 듯 꾸역꾸역 반대했다. 그러더니 내가 제안한 결말을 두고 이야기 속에만 존재하는 가짜 희망이라고 비난했다.

"뭐라고? 가짜 희망?"

모욕적인 말이었다.

"생각해봐. 스토리 안에서만 카타르시스가 일어나면 뭐 하나? 세상 사람들은 다 타협하며 사는데?"

"열심히 사는 사람들을 다 어중간한 사람으로 취급하지 말지?"

"싸구려 희망은 불량 식품보다 더 나빠."

뭐? 네 머릿속에만 존재하는 편협한 세계를 그대로 옮겨놓고 독자들을 비웃으며 으스대겠다는 거야? 그걸로 돈까지 벌어먹고 싶다고?

엔딩 아이디어 차이로 시작된 갈등은 별거 아닌 말로 꼬투리를 잡는 옹졸한 기 싸움으로 번졌다. 급기야 설거지와 빨래, 목욕탕 머리카락과 양말 얘기로 번지며 심각한 관계 파탄을 불러왔다. 한동안 회복 기미가 안 보일 정도였다. 이건 세계관 싸움이었다. 이런 인간과 내 세계를 공유했다니? 7대 3 지분도 내던지고 연인 관계도 끝내고 싶었다. 매일 마음속에서 해약서를 썼다.

'갑과 을은 상호 허락 없이 냥고 이야기를 어디서도 사용, 인용, 개작해선 안 되며, 이를 위반할 시 분쟁 처리는 동부지방법원에서 관할한다.'

어느 날 해약서 형식을 검색해보고 있던 내게 태인이 다가왔다.

"인기 있는 작품은 끝이 안 나. 우리, 냥고 이야기를 그렇게 만들어가자. 최종 엔딩을 확정하지 말고 이야기를 계속 이어가보는 거야."

그날 우리의 차선을 선택하기로 했다. 태인이 고집을 꺾고 자기만의 결론을 살짝 유보한 것에 나는 조금 감동하고 말았다. 마음속 해약서 날인은 보류했다.

계약 문제가 정리되자 설거지 및 양말 문제 등 인생관 차이로 직결되는 충돌도 잦아들었다. 점차 이야기 외적 논쟁은 사라졌고 우리 사이엔 우리가 만든 이야기만 남았다. 때때로 고뇌하지만 정의롭고 의젓하고 매력적인 냥고, 뜨거운 냄비 속에서도 끝끝내 용기를 발휘하는 냥아치들, 그리고 냥고가 이끄는 냥나라 행성 이야기만 남아 무럭무럭 이야기 세계가 확장하기 시작했다. 바로 그 순간 특별한 여행이 다시 시작됐다.

어느 날 밤, 나는 태인과 함께 냥나라 행성으로 떠나는 조각배에 앉아 강렬한 기시감에 사로잡혔다. 어렸을 때 이와 비슷한 경험을 했어! 언제였는지, 누구랑 어떻게 여행했는지, 왜 그런 경험을 했는지는 가물가물했다. 내 세계와 너의 세계가 중첩되는 경험, 남들은 모르는 둘만의 여행. 눈물 나도록 반가운 추억이라는 사실만은 또렷했다. 오랜만에 느끼는 행복이었다.

'맞아, 내겐 특별한 여행을 하는 능력이 있었어.'

동시에 불안에 사로잡혔다.

'여행이 끝나면 또 얼마나 나빠진 세상이 기다릴까? 혹시 태인이 사라져 있는 건 아닐까?'

초조함과 걱정이 따라왔지만 그 마음까지도 여행 물품이라 여겼다. 오랜만에 떠나는 여행이 마냥 설레고 기뻤다. 만약 엉망진창 현실로 돌아오더라도 여행 중에 느낀 마음을 되새기며 어떻게든 살아갈 힘을 내야지. 사랑하는 사람이 사라지지 않도록 여행 중에 태인을 꽉 끌어안았다. 태인이야말로 내가 발견해야 할 아이템이었어! 나는 마음 깊이 확신했다.

무지개 반대편, 냥나라 행성에 도착해 우리는 냥고를 만났다. 행성 이곳저곳을 세심하게 돌보면서도 종종 팔랑거리는 나비에 시선을 뺏기는 우리의 영웅. 낮잠을 포기하고 고카페인 음료를 할짝거리곤 빨간 눈으로 세수를 하는 주인공. 마치 하얀 캔버스 위에 듬성듬성 잉크가 번진 듯 이마와 등에 보이는 작고 검은 무늬, 통칭 고등어라고 불리는 고양이. 옷을 덜 입은 것 같은, 어쩐지 우스꽝스러운 캐릭터였다. 우리를 발견하고 냥고가 다가왔다.

"그대들이 류머티즘 종족들과 협상을 해보겠다고?"

비록 우리가 만든 캐릭터였지만 우리는 지구인으로서 예를 갖춰 냥고에게 우리 자신을 소개했다. 신이 인간에게 자신을 설명하는 기분이었다. 냥고는 우리를 전혀 경배하지 않았지만. 인간 세상에 태어난 예수가 이렇게 서운했겠구나. 냥고는 우리를 몸집이 조금 큰 자기네 종족 정도로 대했다.

우리가 만든 세계관과 설정을 확인하고 싶어 냥고에게 물었다. 언제부터 이족보행을 했는지, 어쩌다 지구의 수많은 언어 중 한국어를 쓰고 있는지, 고양이 스프를 원하는 류머티즘 종족들은 어디에서 온 존재인지. 정작 냥고는 설정엔 별로 관심이 없었다. 우리에게 왜 털이 없느냐거나 어쩜 이렇게 키가 크냐, 어떻게 왔으며 언제 집에 갈 거냐 따위를 궁금해하지 않았다. 피 터지는 전투를 앞두고도 잘 땐 자는 느긋한 전사였다. 우리는 직접 만든 세상을 관찰하며 그곳에 머물렀다. 우리가 놓친 설정은 없는지 추가할 이야기는 없는지 확인하고 싶었다.

우리는 냥고의 지시에 따라 밭도 갈고, 우물도 파고, 점프 훈련에도 참여했고, 냥아치들에게 한국어도 가르쳤다. 냥 스트리트를 정비하고 맛있는 사료를 재배했고 츄르 맛 맥주와 맥주 맛 츄르, 츄르 맛 맥주 향 젤리를 생산했다. 그리고 류머티즘 종족들과의 전쟁을 준비했다.

류머티즘 종족들은 하루 세 번 이상 출몰했다. 언제나 출출하다며 입맛을 다셨고 그때마다 똥꼬발랄 냥아치들이 자꾸만 냄비 속으로 빠졌다. 냥고는 끓기 시작하는 냄비에 다이빙해 냥아치들을 구했다. 냥고에게는 물 공포증에 더해 웅덩이 공포증이 있었다. 태인과 내가 만든 설정대로였다. 극도의 공포를 끌어안고 냥고가 냥아치들을 구하러 뜨거운 냄비로 뛰어드는 장면은 꽤 간절했고 끝내 감동적이었다. 냄비에서 빠져나올 때면 물에 빠진 생쥐처럼 깡마르고 초라한 몰골이 되었지만. 냥고 머리에 달린 액션캠 덕에 그의 활약이 라이브로 중계됐다. 이 장면은 냥나라 주민들의 마음에 불을 지폈다. 행성 주민들은 냥고의 용기에 감동했고 전사로 거듭났다. 용기 바이러스가 전파된 것이다. 다 함께 냥아치들을 구하기 위해 분연히 달려갔다.

곧 류머티즘 종족들과 행성 주민들 사이에 전면전이 벌어졌다. 나와 태인은 냥고의 지시를 받아 류머티즘 종족들과 협상하러 나섰다. 어리고 날렵한 냥아치를 고아 먹으면 뻑뻑한 관절이 유연해진다고? 그걸 진심으로 믿고 있단 말이야? 미신에 빠진 인간들에게 과학적 사실을 전달하고 고양이 스프 대신 관절염 치료제를 제공하겠다 설득했다. 지극히 상식적인 이야기조차 도통 전달되지 않아 우리는 꽤 애를 먹었다. 끈질긴 협상은 행성 시간으로 무려 3년간 이어졌다. 그사이에도 냥아치와 냥고는 계속 냄비에 빠져 감자 조각과 인삼 뿌리, 대추 사이에서 허우적댔다.

협상 중간중간 행성 시간이 멎었다. 태인이 기획했던 외전 스토리였다. 냥아치들 한 마리 한 마리, 복잡한 사연을 가진 드라마가 길게 이어졌다. 엄마와 형제들에게 버림받고 류머티즘 종족에게 입양되었던 냥아치, 류머티즘 종족들에게 엄마와 형제가 살해당한 또 다른 냥아치, 그리고 두 냥아치의 우정…… . 예상을 훨씬 웃도는 긴 사연이었다. 대하드라마 속 휴먼 드라마, 아니 고양이 드라마가 끝도 없이 이어졌다.

'후…… 나는 그냥 시즌 1의 해피엔딩을 보고 싶을 뿐이었는데…… .'

'10년 후, 드디어 평화가 도래했다.' 이렇게 간단한 내레이션을 외치고 끝내고 싶었는데. 태인과 결말을 미루기로 합의한 탓이었다. 이야기의 이야기 속에서 우리는 오래 머물렀다. 이야기 여행도 하염없이 길어졌다. 액자식 이야기와 서간체 스타일의 책 속 책, 인용과 증언, 교차 증언 등 길고 긴 사이드 스토리가 이어졌다. 외전으로 빠졌다가, 본 스토리로 돌아왔다가, 다시 다른 인물의 외전에 다녀오는 바람에 어마어마한 시간이 소요됐다. 집에 가고 싶었다.

태인과 합의했던 오픈 엔딩으로 마무리하기까지 냥나라 행성 이야기는 237년이나 계속됐다. 행성의 1년은 지구보다 짧긴 하지만 그래도 충분히 긴 시간이었다. 드디어 냥아치들을 제물로 바치는 악습 철폐가 선언되었을 때 행성 주민들은 울었고 그 곁에서 나도 엉엉 울었다. 행성의 새로운 시대가 열리는 순간을 체험했다. 현실에서도 가능할까? 이건 태인의 말마따나 현실로 돌아가면 그냥 아무것도 아니게 될 가짜 감동일까?

얼른 집으로 돌아가고 싶었다. 태인과 함께 이어간다면 이야기와 여행은 계속될 거였다. 새로운 캐릭터들이 얼굴을 비추며 시즌 2를 예고하는 순간, 나는 지구로 돌아가겠다 선언했다. 또 오겠다고 의례적인 약속

을 하고 손을 흔들며 행성 주민들에게 서둘러 작별을
고했다.

떠나려는 찰나 냥고가 수도승의 사리 같은 헤어볼을
하나 토해줬다. 나는 침과 위액이 묻은 작고 동그란 헤
어볼을 양손으로 받았다. 옷자락으로 액체를 닦아낸 뒤
가지고 있던 옷핀을 끼워 브로치 삼았다.

"태인아, 뭐해. 가자!"

냥고 뒤편에 서 있던 커다란 그림자가 나를 향해 천
천히 다가왔다. 태인은 내게 냥나라 행성에 남겠다고
했다.

"나현아, 나는 여기에 남아서 이번엔 다크한 이야기
를 한번 만들어볼까 해. 넌 원하지 않는 이야기겠지. 조
금만 경험해보고 돌아가서 말해줄게. 그때 시즌 2를 같
이 만들자."

태인은 이야기를 처음부터 다시 시작해보겠다고 했
다. 또 다른 237년이 걸리더라도 반복해보겠다는 결심
을 밝혔다. 내가 합의하지 않을 이야기, 잔혹한 리얼리
즘 이야기를 만들어본 뒤, 세계관을 비교해보고 싶다고
말했다. 태인은 위악적인 하느님이 되려는 것 같았다.

서브플롯   115

237년을 직접 경험하고도 이야기를 리셋해보겠다는 태인을 이해하긴 어려웠다. 완전히 다른 이야기를 시도하겠다는 결심만은 대단해 보였다. 그래서 얼마 후 집에서 만나자고 말하며 태인에게 손을 흔들었다. 그렇게 우리는 여행을 끝내고 따로 따로 돌아왔다.

이야기에서 빠져나오니 현실의 풍경은 각오 이상으로 변해 있었다. 달력을 보니 현실 시간은 8년쯤 흐른 듯했다. 대책 없이 시간을 건너뛰고 말았다.

태인과 평생 이야기를 나누며 살 줄로 알았다. 사랑스러운 사람을 더욱 사랑하며 살 줄로만 알았다. 그랬는데……. 8년이라는 시간 앞에 나는 무너졌다. 이야기 속에서 살았던 시간은 아무 의미 없는 허송세월이 된 모양이었다. 손에 남은 성과라곤 하나 없이 시간만 흘렀다. 나는 전보다 더 빈곤했고 건강과 사랑하는 사람마저 잃었다. 반려자와 여행하며 사는 일도 내 인생의 최종 종착지가 아닌 모양이었다. 꿈꿨던 미래가 또 한번 신기루처럼 흩어지고 말았다.

현실로 돌아오자 나를 한심해하는 눈빛이 어딜 가나 날아들었다. 돈도 없고, 직업도 없고, 가족도 없는 궁상스러운 차림의 여자. 타인에게 존중받는 일이 쉽지 않았다. 같은 커피 값을 냈는데 다른 손님보다 푸대접당하는 일도 다반사였다. 묘한 모욕감을 자주 느꼈다. 잠시 잊고 있었다. 현실은 이야기의 논리와 상관없는 세계였다. 약한 자들을 구하는 영웅은커녕 배려하는 사람도 드물었다. 이전부터 아프도록 알고 있었는데 냥나라 행성에 머물면서 깜빡 잊고 말았다. 바보처럼…….

태인과 지냈던 작은 방에 혼자 남았다. 임시라고 생각했기에 많은 것에 욕심내지 않고 소박하게 살 수 있었다. 비좁고 더럽고 초라한 공간에 살며 자부할 만한 내일을 맞는 일을 줄곧 유보하고 있었다. 도착해야 할 미래를 겁내고 있었으니 하루 유보하는 일쯤이야 어렵지 않았다.

천천히 둘러보니 많은 것이 낡아 있었고 빛바래 있었다. 거울 속의 나를 포함해……. 켜켜이 쌓인 시간의 먼지가 내 공간과 나 자신을 온통 뒤덮고 있었다. 태인과 태인의 소지품은 하나도 보이지 않았다. 여행이 끝난 뒤 맞이하는 부작용 중 내가 가장 두려워했던 건 사랑했던 사람이 내 삶에서 사라지는 것이었다. 그러나 내가 태인을 또렷이 기억하고 있다는 사실만은 변함없었다. 태인은 사라지지 않았다. 그것만으로도 기뻤다. 다시 시작해볼 여지, 희망이 있다고 생각했다.

그런데 사랑하는 이를 잃는 것보다 나 자신이 사라지는 일이 훨씬 무서운 일이었다. 거울 속 나에게는 표정이 없었다. 전에도 냉소적이었지만 이제는 꽁꽁 얼어붙은 표정이었다. 유치한 이야기부터 대리만족할 가짜 희망, 사소한 해피엔딩 따위 무엇도 꿈꾸지 않는 사람의 눈빛. 거울 속엔 얼굴보다도 마음이 심히 노회한 여자가 보였다. 이번 여행은 나 자신을 완전히 다른 인간으로 변하게 한 것 같았다.

허망하게 흘러간 시간이 아깝고 억울했다. 태인과의 인연이 이어지지 않아서는 아니었다. 사랑했던 사람이 내 이야기에 더 이상 관여하지 않아서도 아니었다. 이야기를 꿈꾸었던 시간이 완벽하게 쓸데없는 시절로 변했기 때문이었다. 나만의 과거, 반쪽짜리 이야기가 되어버렸다. 타인과 함께 공유했던 우리의 세계가 폐허로 변한 거였다.

태인은 사라지지 않았다. 하지만 그는 이전과는 다른

모습으로 냥고와는 상관없는 삶을 살고 있었다. 그는 행성에서 언제 돌아온 걸까? 여행에서 돌아온 뒤, 그는 이상한 필명을 쓰는 성공한 만화가가 되어 있었다.

냥나라 행성 여행 후, 억지로 일상을 추스르며 살았다. 그러다 반량퐁이라는 뜻을 알 수 없는 이름을 필명으로 쓰고 있는 태인을 우연히 발견했다. 그가 발표한 작품을 하나씩 살펴봤다. 냥고와 냥나라 행성 이야기는 없었다. 강자가 성공하는 리얼하고 다크한 이야기, 악의적인 하느님이 빚어낸 이야기뿐이었다. 우리 자신을 몽땅 걸고 밤새도록 치열하게 다투며 합의해온 이야기는 세상에 없었다.

태인이 나 없이 잘살고 있어 좌절한 건 아니었지만 태인의 성공 앞에서 무기력을 느꼈다. 매번 이랬다. 언제고 이야기는 허탈함과 좌절만 주었다. 아름다운 이야기를 만날수록 현실로 돌아오면 무력했다. 이야기를 사랑한 사람은 현실이라는 지옥을 선물 받는 셈이었다. 이건 이야기의 배신이 아닐까? 현실은 이야기처럼 매듭지어지지 않으니까. 다 알면서 이야기 속에 머물면

안 됐다. 최대한 일찍 이야기에서 도망쳤어야 했다. 이야기를 사랑한 건 저주였다.

낭고 이야기는 세상 어디에도 없었다. 태인이 나와 상관없는 삶을 사는 건 아무래도 좋았다. 하지만 태인 역시 사랑했던 것이 분명한 이야기들이 버려진 것은 안타까웠다. 그때 우리가 함께 빚고 깎고 분해하고 조립해낸 이야기를 너는 조금도 사랑하지 않았니? 다 버리고 아깝지도 않았니?

태인이 발표한 작품은 과장된 연출이 특징이었다. 아웃사이더 남자들의 인생 역전, 일그러진 우정과 편협한 농담, 능력이라는 이름의 성공 신화와 배신, 성과 폭력 그리고 성폭력이 여러 작품 속에서 반복되고 있었다. 패턴을 들여다보니 고양이는 아니지만 태인이 설정한 초기 낭고 설정이 떠오르는 인간 악당 캐릭터가 자주 보였다. 작고 약한 존재를 구하기는커녕 사사롭고 정의롭지도 못한 비열한 악당 주제에 쓸데없이 고뇌에 빠지는 캐릭터, 자신의 너절함마저도 사랑해 마지않는 나르시시스트 캐릭터였다. 태인이 초창기에 마음 가는 대로 묘사했던 줏대 없고 허술한 캐릭터였

다. 내게는 절대로 주인공일 수 없는 존재였다. 한 치
도 공명정대하지 않으면서 자기가 선택했기에 최선이
었다고 말하는 인물들. 저급한 인식을 그럴듯해 보이
는 연출로 포장한 장면들. 엑스트라급 서브 캐릭터 중
하나로 밀어버릴 법한 인물들이 태인의 작품 속에서
주인공이 되어 있었다.

　이상한 건 시시한 캐릭터들이 사람들에게 사랑받고
있다는 사실이었다. 비열한 버전의 냥고가 성공한 캐릭
터가 되어 있었다. 비열함을 사랑하는 사람들은 태인이
만든 캐릭터를 거울 속 자신을 보듯 사랑하는 모양이었
다. 태인의 이야기 속 인물들은 태인처럼 말했다. 악하
고 못나고 나쁜 일들을 현실적이라고 말했다. 인간이라
는 족속들은 원래 이토록 비겁하고 비열하다고 강변하
는 듯했다. 사이코패스 나르시시스트 인물들이 성적으
로만 대상화된 여성 캐릭터들과 연애했고 작품 속 여자
들은 욕먹기 좋은 장치로만 쓰다 버려졌다. 도무지 마
음을 줄 수 없었다. 약한 존재를 조롱하는 자가 어떻게
주인공이지? 그럴듯해 보이게 만든 연출이 치졸해 보
였다. 예전에 맺었던 계약서를 챙겨 들고 당장 동부지

방법원에 출두하고 싶을 정도로 화가 났다.

SNS에서 알게 된 태인의 신작 론칭 기념 사인회 현장에 찾아갔다. 가장 앞자리에 앉아 무대 위에 거만하게 앉은 그를 노려보았다. 온갖 치트 키를 동원하면서도 당당하게 굴던 시절이 떠올랐다. 필사적으로 노력하는 사람이 편법을 쓰는 타이밍도 안다고 말했지? 뻣뻣하게 곧은 허리와 값비싼 것이기에 더욱 초라해 보이는 옷차림 따위를 훑어보았다.

'겨우 그따위를 가지고 뭘 그렇게 필사적으로 구니?'

이번에야말로 냉소하는 웃음이 피식 터졌다. 토크 이벤트가 진행되는 도중, 맨 앞자리에 앉아 쿡쿡 웃음을 흘리는 나를 태인이 빤히 쳐다봤다. 행사가 끝나자 그는 모세의 기적처럼 군중을 반으로 가르며 퇴장했다. 내 앞을 지나가는 그를 향해 나는 천천히 손가락 세 개를 펼쳐 보였다. 그는 나와 시선을 마주치지 않았다.

변해버린 태인에게 아무런 감정이 일지 않았다. 어차피 냥고가 세상에 없다면, 말할 수 없이 평온한 기분을 느끼게 했던 연필 소리가 없다면, 태인은 내게 아무런 이야기가 되지 않았다. 외전도, 사이드 스토리도, 후속

이야기도 필요하지 않았다.

터덜터덜 밖으로 나갔다. 지하철역으로 들어서려는 순간, 누군가 내 어깨를 억세게 잡아끌었다. 골목 안쪽으로 나를 밀친 사람은 역시나 태인이었다.

"고나현, 너에게 줄 지분은 30프로가 아니라 단 한 푼도 없어. 그때 그 이야기는 아예 시작되지도 않았다고. 어디서 대사 한 줄 보고 와서 돈 달라고 할 작정인가 본데, 내 스토리는 내 거야. 우리가 같이 쓴 이야기는 다 쓰레기가 됐어. 제작사가 처음에 그 얘기를 얼마나 비웃었는지는 알아? 거기 쓰레기통에도 남지 않았다고. 어차피 그 얘기도 처음부터 내가 만든 거였고 말이야. 너랑 갈라진 후론 나 그런 유치한 얘긴 쓰지도 않는다고! 다 봤잖아?"

시시한 이야기에 열을 내는 태인을 보고 있자니 헛웃음이 터졌다.

"누가 뭐래? 흐흐흐."

냥고 아닌 캐릭터, 추잡한 주인공 따위에 나는 정말로 아무런 관심이 없었다. 야, 작고 약한 존재를 짓밟고서 고뇌에 찬 캐릭터는 현실엔 엄연할지 몰라도 적어도 내겐 영원히 주인공이 될 수 없어. 성공한 스토리텔러인 줄 알았더니 넌 그걸 아직도 모르는구나? 한마디 독한 조언을 해주려고 입을 연 순간 그가 내게 욕을 퍼부었다.

"다시는 내 앞에 나타나지 마. 거지 같은 년!"

뜨거운 분노가 머리끝까지 치솟아올랐다. 뭐, 거지 같다고? 이것 봐. 난 거지 같은 게 아니라 아무것도 없는 진짜 거지야. 팩트를 두고 은유를 하면 안 되지. 제대로 묘사하라고! 네가 정말 제대로 된 이야기를 만들려는 사람이라면!

골목 안쪽에 놓인 지저분한 음식물 쓰레기통을 들어 그의 등을 향해 내던졌다. 쓰레기가 흩어지며 주변이 음식물찌꺼기와 냄새로 엉망진창이 되었다. 코를 막고 자리를 피하며 사람들이 야유를 터트렸지만 태인은 뒤도 돌아보지 않고 사라졌다. 그가 막 올라탄 차를 알아본 사람이 반량퐁인지 풍끼량인지 하는 이름을 언급하며 사진을 찍어댔다. 그의 필명이며 비싼 옷과 빨간 차량 같은 싸구려 거드름은 정말이지 봐줄 수가 없었다. 자극적이고 비도덕적인 이야기가 핍진성이나 리얼리티 같은 이름으로 평가받다니, 그런 허접한 이야기를 만든 이들이 잘 먹고 잘살게 된다니, 섬뜩하도록 불쾌한 결말이었다.

　나는 언제나 이야기 주변에 머물러왔다. 원하지 않았을 때도 그랬고, 피하고 싶었을 때조차 그랬다. 이야기 만드는 사람을 사랑했고 그들이 만드는 이야기 속 일원이 되었다. 직접 이야기를 만들어내지 못하더라도 언제까지고 그 안에 머물고 싶었다. 행복한 결말도, 애달픈 이야기도, 쓸쓸하고 사무친 이야기도 다 누군가가 만들어 나에게 건네준 이야기들이었다. 나는 그들이 만들어낸 이야기의 끝을 기다리기만 하면 되었다. 얼른 달라고 초조해하거나, 결말을 빨리 보고 싶지 않아 아까워하거나, 혹은 원하던 결말이 아니었다고 조금 실망하거나, 그뿐이었다.
　이야기를 사랑했기에 동시에 이야기가 가진 힘을 잘 알았고 그래서 항상 두려웠다. 현실에 돌아왔을 때 아무런 힘을 발휘하지 못하는 무력한 이야기에 화도 났다. 왜 하필 이런 이야기를 만들었느냐고, 현실로 돌아

오면 아무것도 아닌데 왜 쓸데없이 모래성을 쌓았느냐
고 따지고 싶은 기분도 들었다. 태인의 말처럼 싸구려
카타르시스로 돈을 버는 사람도 있으니까.

그러자 이야기를 만든 사람들이 의심스러웠다. 남을
즐겁게 해준다는 건 다 핑계 아니야? 태인을 봐. 고정
관념을 고스란히 담았다는 명목으로 나쁜 얘기를 더 단
단하게 만들고 있잖아? 사람들이 두려워할 이야기를
재생산하고 있을 뿐이라고. 악당이 잘 먹고 잘사는 이
야기, 평범한 사람들의 두려움과 공포를 자극해 현실을
체념하게 만드는 이야기 아니야? 추악한 인물을 매력
적으로 포장하면서 사람들이 받아들이도록 표현했다
지만 협박 아니야? 지독한 이야기를 어쩔 수 없다며 꿀
꺽 삼키게 한 건 아니야? 세상의 법칙이 그렇다고 여기
게 하잖아? 누군가 자기 이익을 챙기는 사이에 눈을 돌
리게 하고 있잖아.

이야기가 미웠다. 그동안 내가 사랑했던 이야기들은
대체로 진부하고 유치했다. 이제 생각하니 그런 이야
기는 재미도 없었다. 도덕 교과서냐고, 왜 이야기를 즐
기려는 우리를 가르치려 하느냐고 화도 났다. 뻔한 이

야기일수록 무력했다. 마음껏 멸시했다. 많은 이야기를 알수록 세상 모든 이야기가 다 비슷비슷하게 느껴졌다. 내가 쓸 순 없었지만 남의 이야기는 다 허접했다. 다 그렇지. 인생도, 이야기도. 뻔해.

새로운 이야기를 만나고 싶었지만 새로운 이야기는 간단하게 나타나지 않았다. 내가 모르는 언어로 쓰여 세상 어딘가에 존재할지는 모르지만 내가 읽을 수 없다면, 발견되지 않는다면 의미가 없었다. 뻔하고 통속적인 이야기를 박살낼 이야기가 있으면 좋겠는데, 내가 만들 수 있으면 더욱 좋을 텐데. 내게 새로운 이야기를 만들 힘이 없다는 게 절망스러웠다. 이야기도, 내 인생도 무의미했다.

이야기를 경멸하다 나는 세상 모든 일을 조롱하기 시작했다. 돈으로 환산되지 않을 이야기는 세상에 나오지도 않아. 그러니 세상 이야기 중에 쓰러진 날 구해줄 이야기가 있을 리 없잖아? 제힘으로 일어날 생각도 없으면서 나는 세상의 이야기들을 마음껏 탓했다.

*

이야기를 마음속에서 떠나보낸 뒤 나는 내 인생의 이
야기에서도 손을 놓았다. 남의 이야기를 미워했을 뿐인
데 왜 내 이야기까지 미워하게 됐을까.

월세가 연체되어 먼지 쌓인 세간이 모두 재활용센터
용달에 실려 가는 걸 지켜봤을 때도, 처음 길에 누웠을
때만 해도 약간의 자존심은 남아 있었다. 잠깐만 여기
에 누워 있을 겁니다. 나는 노숙인이 아니에요. 곧 씻을
거고 곧 일을 구할 거고 곧 내 집을 계약해서 입주할 겁
니다. 잠시만 나를 상관하지 말아요.

그런데 길에 누우니 정말로 아무도 나를 상관하지 않
았다.

몇 번 더러운 곳에서 더러운 짓을 당했다. 처음엔 소
리치고 발버둥치고 저항했지만 몸부림칠 때마다 쏟아
지는 폭력의 강도가 세졌다. 정신을 잃었고 몇 번 사경
을 헤맸다. 그건 내가 당한 더러운 짓의 일부에 지나지
않았다. 더 큰 문제는 무력한 상황에 놓일 때마다 눈앞
이, 머릿속이, 아니 온 세상이 흐릿해진다는 거였다. 이

게 현실이 맞는지 애매했다. 나는 왜 이러고 있지? 무슨 벌을 받는 건가? 나는 대체 누구지?

고통스러운 일에 놓일 때마다 나는 가장 작고 힘없고 약하고 외로운 존재가 누굴지 생각했다. 그건 나인가? 그럼 나를 구하러 올 냥고는 어디에 있을까? 내게 냥고는 누굴까? 태인도 냥고를 내다버린 마당에? 내장이 뒤틀리고 오장육부가 역류하는 역겨운 느낌을 안고 낯선 곳에서 눈을 뜨는 일이 반복됐다. 장기까지 도둑맞아도 손쓸 방도가 없었다. 그 와중에 나보다도 작고 힘없고 약하고 외로운 존재가 어딘가에 있을 거라고 상상했다. 그렇다면 이 더러운 일들이 다 끝난 뒤에는 내가 냥고가 되어야지. 그래야겠지. 비록 주인공은 되지 못한 삶이지만 주인공인 척하는 엑스트라로는 남지 말아야지. 역할은 엑스트라여도 주인공의 심장을 가지고 살아야지……

냄비 속에서 점점 몸이 뜨거워지는 걸 느낀 냥아치들이 이런 기분이었을까. 죽어가는 걸 또렷이 느낀 순간 생을 결의했을까. 죽기 직전이라는 생각에 용기를 냈을까? 곧 끓기 시작할 이 냄비에서 뛰어내리려면 나는 어떻게 해야 할까?

비장하게 생을 결의하고 나는 더 지저분하고 허접한 모습 속에 나를 감췄다. 버려진 녹슨 가위로 머리를 잘랐다. 정체를 알 수 없도록 어둠의 일부인 듯 나를 변신시켰다. 낮에도 밤에도 그림자 속에 머물며 인기척을 숨겼다. 건물 쇼윈도에 비친 내 모습이 놀랍도록 추레했지만 추접한 꼴을 덜 당해 좋았다. 그러자 '나는 곧 이 상황에서 떠날 겁니다' '이 사람들과 나는 달라요' 같은 말이, 밟힌 지렁이처럼 꿈틀댔던 마음속 오만한 말조차 깨끗이 사라졌다.

종일 길에 앉아 있어도 사람들은 나를 상관하지 않았다. 내가 있어도 아무도 없다는 말이 들려왔다. 살아 있지만 거기엔 없는 존재가 되었다. 제대로 되돌릴 이전 상황이란 게 없다는 게 초조함을 지워주었다.

어느 날 누군가 내게 맛보라며 건넨 사탕이 오랜만에 안정감과 자신감을 주었다. 서너 시간의 짧은 만족 후엔 극심한 경련과 발작에 시달렸다. 사탕이 선물해준 벅찬 충만감에서 돌아오니 현실은 이전보다 더 지옥이었다. 고작 서너 시간이었다. 이건 이야기 여행보다 효

능감이 더 짧았다. 그래도 간편했고 계속 내게 건네는 자가 있어 정기적으로 맛을 보았다. 이래서 사나보다, 그래도 살아야겠다고 느끼는 순간은 오로지 납작한 사탕을 혀 아래 넣는 짧은 순간뿐이었다. 그 충족감을 대체할 방법이 없었다. 나는 자꾸만 손을 내밀어 짧은 수명과 사탕을 맞바꿔갔다.

주변의 풍경이 어떻게 흐르는지, 하늘과 지면 중 어디가 위이고 아래인지, 걷고 있는지 날고 있는지, 아무것도 분간하지 못하던 어느 날 나는 누군가에 이끌려 암흑 속에 내던져졌다. 사탕을 주는 사람이 없었다. 짧은 충만감마저 허락되지 못한 채 지옥 밑 지옥을 헤매다 거울 앞에 섰다. 거기엔 한 번도 본 적 없는 사람이 앙상한 몰골로 서 있었다. 생의 기운을 다 토해버린 표정, 거울 속 그 사람은 내 시선을 피하고 있었다.

여성 홈리스 마약 중독자 지원센터에 꽤 오래 머물렀다. 뭘 하는 건지, 왜 하는지, 당최 이유를 모를 프로그램에 끌려가 계속 앉아 있었다. 노래를 부르기도 하고 그림을 그리기도 했다. 멍하니 화면을 보거나 누군가 읽어주는 책을 흘려듣기도 했다. 아무것도 내 안으로 들어오지 않았고 나를 통해 밖으로 나가는 것도 없었다.

그때 집요하게 내게 말을 거는 사람이 있었다. 내 담당자를 자처한 젊은 여성은 내게 살아온 이야기를 해보라고 귀찮을 정도로 닦달했다. 똑같은 이야기를 그에게 수십 번은 말했다. 그는 꼼꼼히 내 이야기를 기록하는 것 같았다. 그가 내게 구술로 만든 자서전이라며 인쇄한 글을 보여줬는데 읽어보니 내가 겪은 일을 정돈한 글이었다. 그는 이것을 내 인생의 '메인플롯'이라고 불렀는데 왜 그렇게 부르는지는 도통 알 수 없었다. 그저 다 끝나버린 일들을 계속 반추하는 게 고통스러울 따름이었다.

사탕이 사라진 자리엔 더 길고 아픈 시간이 찾아왔다. 경련과 발작이 숨 쉬듯 계속됐다. 몸을 뒤틀 힘도 없어졌을 즈음, 이제 죽는구나 생각했을 즈음, 비로소 하늘과 바닥 중 어디가 위이고 아래인지 방향을 분간하게 되었다. 거울 속에서 나를 노려보는 존재가 바로 나 자신이라는 쑥스럽고 민망한 사실까지 분간하는 건 원치 않았지만. 바닥을 알 수 없는 게 인생이라지만 앞으로 계속 펼쳐질 끝없는 지옥이 두려웠다. 가진 것이라곤 하나도 없는데 잃는 것은 끊임없이 생겼다. 진저리가 났다. 이미 여러 번 바닥에 닿았기에 제발 그만 추락하고 싶었다.

그즈음 담당자가 지친 목소리로 내게 제안했다.

"서브플롯으로 개작을 시도해보시겠습니까?"

"서브플롯? 무슨 개작이요?"

그는 내 인생을 다시 써보자고 했다. 나는 코웃음을 치며 말했다.

"그런 게 가능하다면야 좋죠. 뭘 해보면 좋으려나?"

내게 허락되지 않은 삶을 새 인생처럼 각색해보자고 했다. 나는 그와 함께 구체적인 옵션을 설정하기 시작했다.

"만약 나현 씨에게 새로운 인생이 주어진다면 어떤 곳에서 누구와 살고 싶나요? 당신 인생을 직접 개작한다면 말이에요."

담당자의 말을 들으며 상상하기 시작했다.

"제게 언니와 엄마가 있었으면 좋겠어요."

"그러고요?"

"평범하게 오래오래 같이 살아가는 거죠."

"나현 씨에게 평범한 삶이라는 건 뭐죠?"

"음…… 네 살 위 언니가 아이를 낳아서 제게 조카가 생겨요. 그 조카가 아주 개구쟁이인 거예요. 저는 방세도 안 내고 언니 집에 얹혀살고 있고요. 언니는 이혼한 후 생활에 지쳐 몹시 바쁘고 히스테릭해요. 저에게도 하루 세 번쯤 잔소리를 하는데 목소리 데시벨이 아주 높아요. 엄마는 시골집에 살다 얼마 전 지방의 요양병원에 들어갔는데 병원비도 꽤 들죠. 나는 그림책 작가가 되는 게 꿈이라 아르바이트를 병행하면서 작업을 하고 있는데 늘 잘 안 풀려요. 재능이 없나보다, 어디선가 본 얘기를 꿰고 있네, 하면서 괴로워하죠. 어때요? 제법 평범한 이야기로 들리죠?"

담당자가 내 망상을 세심하게 메모하며 고개를 끄덕였다.

"어떤 그림책을 쓰고 싶으신가요?"

"글쎄요. 어린이들의 영웅, 작고 약한 존재를 구하는 고양이 전사 냥고 이야기 같은 거요."

"냥고가 이름인가요?"

"네, 류머티즘 종족들이 고양이들을 먹으려고 해요. 끓고 있는 냄비에 빠진 냥아치들을 구해내는 전사가 냥고예요."

오랜만에 긴 대화가 이어졌다. 내가 살아온 경험을 이야기하는 건 재미가 없었다. 중간중간 기억이 비어 흐릿한 지점도 많았다. 반면 새로운 인생을 떠올리면 즐거웠다. 담당자는 내 이야기를 즐기는 것처럼 보이진 않았지만 세심하게 내 이야기를 들었다. 낯선 용어가 나오면 여러 번 질문하며 뜻을 물었다. 냥고와 냥아치들이 어떻게 생겼느냐고 묻기에 직접 종이에 그렸다. '아침 먹고 땡'으로 시작하는 동요 가사에 맞춰 해골바가지를 그리듯. 마치 전에 한 번 겪었던 이야기인 양 내가 상상한 이야기를 떠들어댔다. '내게도 그런 삶이 있었으면 좋겠다'며 마음속 깊은 곳에 품었던 망상, 한 번도 입 밖에 내지 못했던 몽상이었다. 이런 이야기를 누군가에게 말하는 건 처음이었다. 누군가가 마련한 이야기 속을 탐험한 적은 있었지만 내가 이야기를 시작한 적은 없었으니까.

태인이 내다버린 냥나라 행성을 내 손으로 제대로 만들고 싶었다. 나만의 이야기로 만들어보고 싶었다. 어디선가 들었던 이야기, 누군가 내게 속삭였던 이야기, 누군가의 이야기로부터 시작된 이야기여도 좋았다. 유치하고 뻔한 설정, 어딘가에 있을 법한 이야기들이었지만, 다 끌어모아 주섬주섬 기우고 재구성해 내 이야기로 삼고 싶었다. 먼 옛날 내게 이야기를 들려준 사람들이 그랬던 것처럼. 잘 기억나지 않지만, 내 가족이, 친구가, 내가 사랑했던 사람이 내게 해준 것처럼. 이번에는 내가 누군가에게, 아니 누구보다도 나 자신에게 이야기를 선물하고 싶었다. 나를 일으켜세울 이야기를.

어느 날 담당자가 옵션을 모두 설정했다며 웃었다. 그가 내게 화면을 보여주더니 확인하듯 물었다.

"이걸로 서브플롯을 작성하시겠습니까?"

"서브플롯이 뭔가요?"

"당신의 삶을 그린 이야기이지만 당신이 직접 경험한 메인플롯 이야기가 아니라 당신이 만나고 싶었던 두 번째 이야기예요. 당신 인생의 이야기를 완전히 새로 쓰는 겁니다."

"후후, 그런다고 이미 망가진 과거가 좋아지는 것도 아닐 텐데요. 뭐, 심심한데 나쁘지 않을 것 같네요."

나는 담당자의 안내에 동의했다.

"서브플롯은 당신이 구상한 당신의 이야기입니다. 서브플롯 안에선 인물들도 세계도 당신이 사랑하는 방식대로 움직일 겁니다. 원하는 만큼 바꿔도 돼요. 중간에 멈춰도 되고 다시 시작해도 돼요. 환경도 조건도 방식도 당신이 모든 걸 직접 정할 수 있습니다. 전개와 결말까지도요."

담당자의 말이 나른하고 기분 좋게 들렸다. 그래, 한번 해보자. 내 이야기니까. 이번엔 직접 이야기를 만들어볼래. 내가 주인공이야. 내게도 평범한 삶이 허락된다면, 정말로 가능하다면, 꼭 보고 싶었던 장면을 만들어볼래. 거기도 천국은 아니겠지. 거기서도 갈등이 있을 거야. 작고 약한 존재들을 내 손으로 다 구할 순 없겠지만 가까운 곳에서 만난 어린아이가 웃음을 잃었다면 되돌려주는 일 정도는 할 수 있지 않을까? 해결할수 있는 문제라면 좋겠는데 가능할까? 삶의 기출문제집은 만날 수 있을까? 다 해결할 순 없더라도 작은 규칙을 발견하면 좋겠어. 거창한 이야기가 아니어도 좋아. 무엇보다 내가 이야기를 계속 이어갈 수 있도록 지치지 않았으면 좋겠어. 누가 계속 동기부여를 해주면 좋을 텐데…… 세상을 전부 바꿀 순 없겠지만, 사랑하는 사람들과 티격태격하더라도 함께 웃으며 살고 싶어. 이 순간이 있기에 앞으로도 버틸 거라고 확신할 장면 속에 있고 싶어. 거창하지 않아도 돼. 소박한 안착을 원해. 그런 이야기를 만나고 싶어.

원하는 삶을 상상하다 보니 그 이야기가 진짜 내 삶 같았다. 온전한 내 이야기, 불완전하기에 완벽한 내 삶이었다. 나는 숨을 크게 들이쉬고 내게만 들리도록 조용히 말했다.

"이제부턴 내 이야기를 시작하겠어."

그 순간, 주위 풍경이 바뀌었다. 그곳은 언니와 엄마가 살아남은 곳, 내가 만든 세계였다.

엘리베이터가 멈추었다. 나는 현관 앞에 섰다. 언니와 내가 사는 곳이 틀림없었다. 현관문 앞에 글씨가 나타났다.

제88차 서브플롯을 재개합니다.

커스텀 퀘스트
'숨겨진 이야기를 찾아라!'

익숙한 번호를 누르자 문이 열렸다. 긴 여행을 끝내고 방금 집에 도착한 순간이었다.

"나 왔어!"

거실 구석에서 태블릿 학습지를 풀고 있는 소년의 뒷모습은 마치 운전면허 예상 문제를 푸는 아저씨 같았다. 여섯 살 조카 시환이 안 본 사이에 너무 어른스러워져 있었다.

"야, 똥싸개! 이모 왔는데 반갑지 않아?"

"네, 반가워요."

시환이가 웃는 방법을 모르는 로봇처럼 굳은 얼굴로 답했다. 이걸로 88번째, 내게 동기를 주려는 여섯 살 어린이의 의젓한 뒷모습이었다.

언니가 재택근무 중이라며 냉장고와 가스레인지를 가리키더니 '알아서 찾아 먹거라' 하고 손짓했다. 눈빛만으로 '내 동생이지만 쟤를 어떻게 하면 좋니'라는 말을 쏘아대던 언니. 가족이기에 더욱 적나라하게 내보일수 있는 격렬한 경멸을 표하던 언니. 하루 세 번쯤은 얹혀사는 서러움을 상기시켜주던 언니가 나를 손짓해 부르더니 88번째 잔소리를 시작했다.

"그냥 네 생활이나 똑바로 챙겨. 그런다고 곧 돈이 될 가능성이 있는 것도 아니잖아?"

목소리를 높이던 언니가 조금 놀란 눈을 보였다. 잠깐 나를 바라보더니 목소리 톤을 약간 낮추었다.

"아니, 네가 미워서 이러는 게 아니라, 네가 너무 느긋하니까 언니로서 걱정돼서 말하는 거지. 뭘 그렇게까지 서럽게 울고 그러니?"

눈물이 멈추지 않았다. 하지만 미현 언니의 걱정처럼 서러워서 우는 게 아니었다. 나는 눈물을 펑펑 흘리며 환하게 웃었다. 마스크를 두 겹씩 쓴 언니와 시환이가 식탁 맞은편에 앉아 한껏 의자 등받이에 기댄 채 최대치의 거리를 확보했다. 나는 달려가 두 사람을 꽉 끌어안았다.

"야, 1미터 거리를 두자니깐!"

"이모, 눈물도 비말이야! 슈퍼 전파자!"

두 사람이 나를 밀치며 버둥거렸다.

바로 이 순간이었다. 줄곧 꿈꾸던 이야기였다. 마치 사막에 살던 선인장이 단비를 만난 것처럼 마음이 흠뻑 젖는 이야기였다. 죽고 싶었을 때 나를 살게 해준 이야 기였다. 아니 이미 한 번 죽었는데 부활했다고 느끼게 해준 이야기였다. 바로 내 이야기였어.

모두가 평범하게 살아가는 이야기. 가장 간절하게 원 했던 내 이야기였다. 아무도 내게 허락하지 않는다면 내가 직접 이야기를 만들어내겠어!

제4부

[서브플롯]에서 [메인플롯]으로 : 전설의 완성

 언니가 짜증내는 것도, 조카가 투정부리는 것도, 모두 유구한 사연이 깃든 대체 역사 같았다. 홀로 시골에서 살다 얼마 전 요양원에 입소한 엄마도, 엄마 요양원에서 계속 청구서가 날아오는 것도, 언니의 한숨과 잔소리까지도 특별하고 아름다운 드라마였다. 평범하게 날 찾아와주었으면, 하고 바랐던 장면이었다. 오소소 소름이 돋았다. 해피엔딩 속에 있는 기분이었다.

 내가 전보다 더 느긋한 태도를 보이자 언니 잔소리 데시벨은 한층 더 높아졌다.

"너, 정말 이런 식으로 계속 얼렁뚱땅 게으르게 살겠다는 거지? 도대체 어쩌려는 거야?"

이래야 우리 언니지! 이런 언니를 원했어!

"먼저 돈을 벌고 생계를 네 손으로 해결해. 그런 뒤에 동화책을 만들든지 말든지 하라고."

언니가 잔소리할 때마다 나도 모르게 엉엉 눈물이 쏟아졌다.

"응! 알았어. 미현 언니, 사랑해!"

울면서 사랑한다고 말하는 나를 보며 당황한 언니가 대충 달래다 도망갔다. '저 조울증 동생을 어떻게 해야 하나' 싶은 언니 속마음이 말풍선 떠오르듯 훤히 보이는 것 같았다.

나는 현관 폐지 수거함에서 노트를 주워왔다. 잠시 멈췄던 부분을 펼치고 뒷부분을 다시 이어가기 시작했다. 시환이 빼꼼 내 방에 얼굴을 들이밀었다. 녀석은 한 손으로 태블릿 학습지를 소중하게 끌어안고 다른 한 손으로 내 어깨에 손을 올리고는 진지하게 물었다.

"이모, 내일 유치원에 주식 선생님 온대. 유치원생도 일찍 배워야 한대. 이모는 주식 안 해?"

"주식? 이모는 남들이 다 하는 건 안 해. 재미없잖아? 남들이 안 하는 걸 해야 재밌지!"

"아, 이모는 그거구나……. 철이 없는 거?"

"흡!"

어린이의 솔직한 말이 정곡을 푹 찔렀다. 빈정거리는 시환을 잠시 노려보던 나는 일부러 입술을 일그러뜨리곤 비열하게 들릴 웃음 소리를 냈다. 그러곤 어린이 옆구리를 간질이기 시작했다.

"으하학!"

웃음을 참지 못하고 시환이 소리쳤다.

"우하핫! 철없는 이모랑 노는 게 얼마나 재밌는지 보여주마! 내가 지금 주식을 했으면 바빠서 너랑 못 놀아줘요!"

시환이 폭소를 터트렸다. 그제야 유치원생으로 보여 보기 좋았다. 화장실로 도망치는 나를 시환이 따라왔다. 녀석이 문을 두드리며 깔깔댔다.

"이모! 지금 똥 싸는 거지! 맞지!"

그래…… 이런 이야기 속에 있고 싶었어! 언니가 살아만 있다면 분명 이랬을 거야! 나는 변기 덮개를 덮고 주저앉았다. 하염없이 눈물이 터졌다.

비상열쇠로 화장실 문을 연 시환이 놀란 표정을 지었다. 껵껵대며 우는 나에게 조용히 다가와 어깨를 끌어안았다.

"이모, 철이 좀 없어도 괜찮아. 키즈 카페에서 이모처럼 노는 어른은 한 명도 없더라."

나는 눈물을 닦고 코를 풀며 물었다.

"너, 이모가 부끄러웠냐?"

시환은 조금 생각하다 애써 답했다.

"후…… 아니야……."

"이런 거짓말쟁이!"

진즉 화장실 장식품이 된 모형 소방차 호스를 흔들어 물을 뿌렸다. 깔깔대며 도망가던 시환이 눈을 찡그리며 돌아봤다. 시환의 볼에 물방울이 톡톡 내려앉았다.

나는 시환과 함께 냥고 동화책을 완성했다. 시환이 그려넣은 아메바도 냥아치의 친구로 등장시켰다. 나는 스케치북을 넘기며 장면을 설명했다. 동화 구연 선생님이 된 것 같았다.

"류머티즘 종족들이 지금 입맛을 다시고 있어. 후루룩 짭짭, 어디 맛 좋은 냥아치들 없나? 제물로 상납한 애들은 하나같이 다 쪼끄맣고 홀쭉하군? 아니, 근데 요기 앉은 시환이 냥아치! 통통한 게 아주 맛있게 생겼군!"

스케치북을 내려놓고 입맛을 다시며 천천히 시환에게 다가갔다.

"저리 가! 이 악당 괴물!"

어린이가 주먹을 휘둘렀다. 진짜 아팠다! 그래, 이야기 속 괴물에게 혐오를 느끼는 건 중요하…….

"으악, 이놈 새끼! 지금 깨물었어?"

첫 독자에게 된통 얻어터지다 나는 서둘러 다음 장으로 넘어갔다.

"어떡해요! 제물이 된 냥아치들이 따끈한 스프에 빠졌어요. 앗, 불이 붙었어요!"

스케치북에 그린 빨간 불에 시환이가 손을 댔다. 우리가 함께 그린 불이었다. 빨갛고 검고 뾰족하고 빼쭉빼쭉한 선들로 만들어진 불에 손을 댄 시환이 소리쳤다.

"앗, 뜨거워!"

나도 스케치북에 손을 대봤다. 불은 정말로 뜨거웠다.

"아……!"

88차 서브플롯 끝에 나는 드디어 규칙을 발견했다. 이야기 여행만의 규칙, 이곳에서도 적용할 수 있었다. 두 사람 이상이 합의한 설정은 실제가 된다. 언제나 그랬다. 이야기 여행은 둘 사이의 규칙을 인정한 사람들이 만들어내는 마법이었다. 올바른 이야기도, 어긋난 이야기도 예외는 없었다. 둘만의 합의로 이뤄진 곳에선 우리 손으로 룰을 만들어낼 수 있었다. 나는 다음 장을 펼쳤다.

"어떡해! 물이 끓어오르고 있어요. 어푸어푸, 점점 뜨거워져요!"

그 순간 시환과 내 몸에서 땀이 흘렀다. 뜨거운 물이 가득 찬 욕조 속에 들어간 것 같았다. 시환의 이마에 땀이 송골송골 맺힌 순간, 방 안이 온통 수증기로 가득 찼다.

"도와줘요, 냥고!"

이곳은 내가 만든 세계, 이야기의 룰을 합의하면 진짜가 되는 거다. 우리는 서로의 냥고가 되었다. 냄비 속에 빠진 냥아치들의 손을 잡고 힘껏 끌어올렸다.

"냥나라, 영원한 서약! 가장 작은 존재의 친구 되어!"

인트로를 외친 뒤 우리는 엉덩이를 씰룩거리며 둘이 만든 노래를 부르기 시작했다.

"냥라라랄라, 우리 친구 되어, 냥라라랄라, 가장 작은 존재, 냥라라랄라, 내가 친구 될게, 냥나라!"

수증기가 서서히 사라지는 방 안에서 우리는 멋지게 히어로 포즈를 취했다.

다음날, 나는 스케치북을 들고 시환의 유치원에 찾아갔다. 시환이 말했던 주식 수업이 조기 경제 수업이라는 이름으로 한창 진행 중이었다. 아이들은 선생님이 만들어준 가상 통장을 손에 들고 파들파들 떨고 있었다.

"여러분, 어린이도 돈이 필요해요. 돈이 없으면 먹고 싶은 것도 못 먹고 엄마 아빠랑 같이 살 수도 없어요!"

유치원 입구에 '이웃사촌 선생님들'이라 쓰인 종이가 보였다. 이날의 일일 특별 선생님이라는 주식 선생님은 목소리가 컸다. 그의 목소리에 아이들 얼굴이 새파랗게

질려갔다. 엄마 아빠랑 함께 살 수 없다는 말에 훌쩍훌쩍 울기 시작하는 아이도 있었다.

교육이란 이름으로 어른들이 아이들에게 겁을 주고 있었다. 돈이 없으면 절대로 행복할 수 없다는 겁박. 행복의 형태는 딱 한 가지뿐이라는 뻔하고 시시한 거짓말. 그러나 너무나 강렬한 공포와 함께 찾아오는 생애 최초의 임프린팅이었다.

"돈이 없으면 아무것도 할 수 없어요! 밥도 먹을 수 없고 엄마 아빠랑 놀러 갈 수도 없어요! 여기 있을 수도 없답니다."

주식 선생님의 말투는 아예 협박조였다. 저기요? 고등학교까지 의무교육이 된 지 좀 됐는데요? 손을 들고 말하려 했지만 선생님 목소리는 우렁차고도 일방적이었다.

"모든 사람은 돈을 벌어야 해요. 어린이 여러분과 똑같은 나이에 유튜브 영상을 찍어 돈을 버는 친구들도 있어요. 오늘부터 여기 개미 통장에 가상 화폐 적립을……."

주식 수업이 끝나자마자 아이들이 통장을 붙잡고 엉

엉 울기 시작했다. 당황한 주식 선생님은 다급하게 자리를 떴다. 나는 진땀을 흘리며 아이들을 달래고 있는 선생님 앞에 스케치북을 내밀었다.

"선생님! 지금부터 동화 구연 시작할게요!"

미리 연락해 허락을 얻은 대로 특별 수업을 시작했다. 엉엉 울고 있는 아이들 손에 땅콩 묻은 과자를 하나씩 올려줬다. 어젯밤 낱개 포장한 제품을 발견해 준비했다. 딱 고양이 똥 모양 스낵이었다.

"여러분, 이모 선생님이 방금 캐온 고양이 똥이에요. 이걸 먹으면 냥나라 행성에 갈 수 있어요. 무지개 뒤편에 있는 별이에요. 이모 선생님이랑 같이 가볼 사람!"

몇몇 아이들이 손을 들었다. 시환이 손을 높이 들더니 호들갑스럽게 방방 뛰었다.

"저요! 저요!"

"고양이 똥이래! 킥킥킥."

눈물이 맺힌 채로 아이들이 웃기 시작했다. 나는 과자를 높이 들어올렸다.

"이 고양이 똥을 먹으면 여행이 시작돼요!"

"이모 선생님, 똥 먹으면 안 돼요……!"

"꿀꺽!"

나는 의성어를 외친 뒤 과자를 입에 넣고 쓰러졌다.
아이들이 깔깔 웃었다. 다들 유치원 선생님의 얼굴을
돌아봤다. 선생님이 허락하는 표정을 보이자 아이들도
과자를 먹었다. 시환과 아이들이 과장된 동작을 보이며
쓰러졌고 다른 아이들도 따라했다. 다 함께 눈을 뜬 순
간, 우리는 모두 냥나라 행성에 도착해 있었다. 아이들
과 함께 냥고를 만났다. 우리는 냥고의 지시에 따라 밭
도 갈고 우물도 파고 점프 훈련에도 참여했고 냥아치
들과 친구가 되었다. 뜨거운 냄비 속에서 허우적거리는
냥아치들을 위해 다 같이 냄비 속으로 뛰어들었다. 아
이들이 감자 조각과 인삼 뿌리, 대추를 집어먹으며 냥
아치들을 구했다. 국물을 꿀꺽꿀꺽 마셔버리는 아이도
있었다.

스케치북을 덮자 이야기 여행이 끝났다. 아이들이 모
두 바닥에 쓰러졌다. 아이들 옷에 물기가 천천히 말라
갔다. 나는 누워 있는 아이들의 손바닥 위에 작은 털 뭉
치를 하나씩 올려놓았다.

"이거 뭐예요? 먼지?"

"이거 우리 집에도 있어! 침대랑 소파 아래에 굴러다녀!"

"우리 집에도 있어요!"

"맞아요. 그건 냥고가 여러분의 집에 몰래 숨겨놓은 선물이에요! 이걸 볼 때마다 냥고를 부를 수 있어요!"

"냥나라, 영원한 서약! 가장 작은 존재의 친구 되어!"

시환이 인트로를 외쳤다. 호랑이반 아이들이 다 같이 엉덩이를 씰룩거리며 노래를 불렀다.

"냥라라랄라, 우리 친구 되어, 냥라라랄라, 가장 작은 존재, 냥라라랄라, 내가 친구 될게, 냥나라!"

귀가 시간이 됐다. 아이들은 유치원에서 만들어준 가상 통장과 내가 건넨 털 뭉치를 들고 집으로 돌아갔다. 어떤 이야기를 선택할지, 앞으로 뭘 상상하며 살지, 아이들은 자기 삶을 통해 선택할 거였다. 하나는 웃을 수 없을 정도로 지독하게 현실적인 이야기일 거고, 또 하나는 헛웃음이 나도록 쓸모없는 이야기겠지. 어떤 이야기를 진짜로 만들지 결정해야 했다. 아이들과 그 아이들이 속한 세계가 다 함께.

'이야기가 더 필요해!'

나는 그 길로 샐비지 클리닉을 찾았다. 무표정한 얼굴의 사람들이 테스트실에 앉아 있었다. 대기실에서 아이를 혼내는 엄마가 보였다.

"이런 게 과민반응이야. 화면 속 캐릭터가 아픈 걸 보고 네가 아픈 것처럼 통증을 느끼는 건 쓸데없는 일이잖아?"

테스트 화면 속에서 벽돌과 쇳덩이가 쏟아지고 있었다. 이를 무심하게 바라보는 사람들에게 다가가 나는 큰소리로 외쳤다.

"진짜 이상하지 않아요? 이런 장면을 보고도 통증을 느끼지 못하면 비슷한 위험이 다가왔을 때 피하지 못한다고요!"

나는 들고 갔던 벽돌을 들어 앞에 앉은 사람의 머리를 내리쳤다. 그는 조금도 움찔하지 않았다. 벽돌 모양 스티로폼이 그의 머리에 닿자 파편이 튀었다.

"아니, 왜 안 피하셨어요?"

그 순간 내 담당 주치의 김듀라 선생님이 뛰어들어왔다.

"고나현 씨? 여기서 뭐 하시는 겁니까?"

"남이 아픈 걸 보면 나도 아프다고 느껴야 해요. 제가 감각 과잉 상태가 아니고요. 여러분들이 무반응증이라고요."

나는 테스트실에 흐르는 화면을 가리키며 말했다.

"저런 걸 보면 아프다고 느껴야 해요. 남을 위한 것이기도 하지만 우리 생존을 위해서도 필요한 감각이라고요."

아무도 반응하지 않았다.

"우리는 지금 어떤 위험이 다가와도 자신을 보호하지 못하는 이야기 속에 있다고요!"

숨겨진 이야기는 냥고 이야기도, 시환의 이야기도 아니었다. 우리 자신을 지키지 못하도록 만드는 이야기가 줄곧 이곳에 흐르고 있었다.

김듀라 선생님이 다가와 내 팔을 잡았다.

"고나현 씨. 그만 하세요."

"선생님 정말 죄송해요. 하지만 이건 정말 이상해요……!"

"이제 충분합니다."

"네?"

"드디어 '숨겨진 이야기'를 찾아내셨어요! 축하드립니다!"

돌아보자 테스트실 안에 있던 사람들이 모두 일어나 박수를 치기 시작했다. 그 순간 클리닉 벽면에 화려한 폭죽과 함께 글씨가 떠올랐다.

Congratulation!

커스텀 퀘스트

'숨겨진 이야기를 찾아라!'

제88차 서브플롯

퀘스트 클리어에 성공했습니다!

김듀라 선생님이 말했다.

"서브플롯 속 퀘스트도 고나현 씨가 설정한 대로입니다. 인물도 세계도 규칙도 해결 방법도 모두 나현 씨가 정한 거예요. 우리는 당신의 두 번째 자서전을 만들어 낸 거예요. 당신이 기획한 대로, 당신만의 이야기를요."

나는 작은 방에서 서서히 눈을 떴다. 회복실이라는 글자가 보였다. 머리맡에 서 있던 나의 담당자, 김듀라 선생님이 손을 잡았다. 그는 이야기 속에선 주치의였고 현실에선 SF 소설가라고 했다. 언니와 시환이 함께 지낸 삶은 가상 프로그램 속 스토리라고 했다.

"제가 왜 그런 퀘스트를 만들었을까요? 선생님의 기획에 제가 동의했단 뜻인가요?"

나는 홈리스 여성 마약 중독자 재활 프로그램을 경험하는 중이었다. 그런데 이 프로그램에 소설가가 참여하고 있었다고?

"나현 씨와 이야기를 나누며 당신이 이야기를 사랑하는 사람이란 걸 알았어요. 이야기를 믿고 이야기를 주도하는 자신의 힘을 믿으면 현실이 진짜 바뀐 것과 유사한 효능을 보였어요."

경험을 자서전으로 만드는 프로그램에서는 참여자의 경험과 기억, 그리고 이미 일어난 현상에 새로운 해석을 내리고 보정을 가했다. 하지만 아무리 재구성해도 지나온 삶을 반추할 때 무력감에서 벗어나지 못하는 이도 많았다고 한다. 내가 바로 그랬다.

나는 서브플롯을 개시했던 날의 결심을 떠올렸다.

'내가 주인공이야.'

'거창하지 않아도 돼. 소박한 안착을 원해. 그런 이야기를 만나고 싶었어.'

불완전하기에 완벽한 내 삶을 마주하며 결심했다.

'이제부턴 내 이야기를 시작하겠어.'

나는 언제나 이야기를 통해 성장했고 이야기 속에서 해방감을 만끽했다. 가상이나 공상, 판타지, 가짜 희망 따위가 아니었다. 이야기는 내 삶의 전부였다. 내 이야기라고 감지할 이야기를 만나야 팍팍한 현실을 살아낼 힘도 조금이나마 얻을 수 있었다.

누군가는 여전히 현실이 아니라고, 허황된 꿈이자 도피라고, 이야기는 그저 이야기일 뿐이라고 말할지도 모른다. 그래도 나는 줄곧 이야기를 원했다. 나의 이야기, 끝내 만날 이야기. 세상에 없다면 내가 직접 각색할 이야기, 진짜로 진짜가 될 멋진 거짓말을⋯⋯.

회복실 안에 있던 다른 사람들이 내게 박수를 보냈다. 눈물을 글썽이는 사람도 있었다.

"나현 씨, 정말 잘하셨어요."

"이제 나현 씨가 직접 삶을 주도하는 겁니다. 당신 삶의 주인공으로서요."

이야기는 마무리됐다고 했다. 그동안 내 삶의 주변에만 머물러오다 서브플롯을 통해 나 자신이 주인공인 이야기를 체험했다. 그러니, 이제 살아갈 힘을 얻는 거겠지? 그런 거라고 했지?

몸을 일으켰다. 회복실 벽을 짚으며 걸음을 내디딘 순간, 극심한 통증이 덮쳐왔다.

"나현 씨! 괜찮아요?"

서글픈 사실만이 내 앞에 남았다. 엄마도, 언니도, 시환도 모두 사라진 현실, 고독한 진짜 현실이…….

"그래봤자, 다 가짜잖아요! 엄마랑 언니랑 시환이는 없잖아요!"

내가 용기를 얻었던 이야기, 한숨 돌리며 안도했던 이야기는 모두 가짜였다. 현실을 마주할 힘조차 없어 결국 도피한 거니까. 내가 비겁하고 허약한 인간이란 걸 확인한 것뿐이잖아?

"이 엔딩은 너무 아프네요……."

폐부가 쪼그라드는 통증을 느끼며 나는 그 자리에 쓰

러지고 말았다. 나의 초라한 현실은 어떻게 한대도 아름다운 이야기가 될 수 없었다.

*

시설 담당자들은 자신들이 제공한 '자립자활촉진 지원제도'가 모두 마무리되었다고 말했다. 내가 과연 스스로의 힘으로 살아갈 상태인지 확신할 순 없지만 자립할 방법을 다 지원했다는 말과 함께 거주시설에서 나왔다. 그 후엔 주민센터가 주택 공사에 직접 지급하는 주거급여를 받아 작은 원룸에서 일상을 시작했다. 다들 내게 새로운 출발을 응원한다고 말했다. 나도 시간이 좀 걸리더라도 의욕적으로 살아보겠다고 답했다. 진심이었다. 그곳에서 모두와 함께 만든 이야기가, 그리고 이야기 속 언니와 시환이 허약한 내 현실을 응원하며 건네준 선물이라고 여겼다.

따뜻한 격려의 말을 들으며 과장된 파이팅 포즈를 보인 뒤 등을 돌렸다. 그러자 늪 속에 한 발을 들인 듯 곧장 갑갑한 상태에 빠지고 말았다. 가상의 존재가 나를 응원해봤자 결국 현실에서 나는 혼자였으니까. 특별한 전기轉機는 언제나 이야기 속에만 있었다. 그 안에서 만났던 강력한 힘을 너절한 현실로도 소환하고 싶었다. 그게 가능하기만 하다면⋯⋯.

"이모!"

거리에서 누군가 이모를 부르는 소리가 들리면 번쩍 고개를 들었다. 식당에서 중년 남성 손님이 젊은 여성 노동자를 이모라고 부르고 있었다. 아마도 '아가씨'라는 반여성적 호칭을 피하고 '저기요'라는 몰인정한 호칭을 쓰지 않으려다 '이모'라는 말에 안착했겠지. 중년 남성의 걸걸한 목소리를 들으며 여섯 살 꼬맹이를 떠올리다니. 자기를 책임지라며 당돌하게 나를 올려다보던 아이, 그 아이가 불러줬던 나의 또 하나의 이름. 명칭은 같지만 나와는 무관한 표현이 거리에서 종종 들려왔다. 그때마다 나를 호명하는 게 아니라는 걸 알면서도 호명되고 싶은 마음을 느끼며 타인의 목소리 사이를 빠져나갔다.

공원에 앉아 물끄러미 허공을 바라보았다. 이 풍경

속에 나는 완벽한 엑스트라 같았다. 나는 인생의 주인 공이었던 적이 없었다. 그런데 신기하게도 주인공이 활약하는 이야기에 빠져들었다. 보잘것없는 캐릭터가 모험을 시작하는 만화를 좋아했다. 평범한 인물이 만나는 애틋하고 극적이고 사랑스러운 이야기를 사랑했다. 멋진 사람들에게 둘러싸여 사랑을 독점하는 주인공에게, 하나하나 문제를 헤쳐나가는 인물들에게 한없이 나를 투영했다. 초라한 내 삶에는 마음을 주지 못하면서 말이다. 내가 좀처럼 성장하지 못하는 인간이라, 제 인생에서조차 활약하지 못하는 신세라, 이야기를 통해 대리만족한 거였다.

나 같은 인간은 엑스트라 이하다. 홈리스 마약 중독자, 재활 의지를 한 치도 끌어올리지도 못하는 의지 박약자. 문제를 해결할 장치라곤 없는 복잡한 현실을 죽을 때까지 견뎌야 할 뿐이다. 작은 영웅의 활약에 가슴 뛰던 순간이 내 현실과는 아무런 상관이 없다. 자각한 현실은 그냥 구차했다. 나는 이 삶에 원하는 게 아무것도 없다. 안타깝지만 두 번째 인생은 없을 거다. 이런 마음을 안고도 그냥 살다 보면 달라질까? 언젠가 간절히 원하는 게 생길까? 아무것도 욕망하는 게 없고 아무런 행동을 취하지 않는 인물이 이야기의 주인공일 수 있을까? 허무한 이 삶에도 멋진 이야기가 찾아올까?

멍하니 허공을 바라보고 있는 시야 속으로 한 아이가 들어왔다.

"이모?"

중학교 교복을 입고 있는 소년이 말을 걸었다. 시환의 나이를 떠올렸다. 이야기 속에서 나는 이십대 후반이었고 시환은 여섯 살이었다. 마흔을 바라보고 있는 지금, 이야기 속 설정대로라면 시환이도 열다섯 살, 중학생이겠구나.

"나한텐 조카가 없는데, 이름이……?"

아이의 교복 재킷을 보려 자세를 고쳐 앉았다. 시환이라는 이름이 보였다. 이게 어떻게 된 거지? 너 누구야? 할 말을 찾아 허둥대는 사이, 머뭇거리던 아이가 천천히 등을 돌렸다. 아이의 가방에 달린 작고 낡은 인형에 눈길이 갔다. 뽀작이였다. 뽀작이가 왜 여기에? 나는 아이에게 달려가 물었다.

"저기…… 시환이 맞아요?"

"네."

"혹시……."

동명이인도 많겠지. 나는 애써 침착하게 보이려다 더 이상하게 들릴 말을 뱉고 말았다.

"저기, 보름달 밝은 날에 뽀작이 영혼을 분리했나요?"

아이가 어처구니없다는 표정으로 미간을 찡그렸다.

"네?"

"아, 미안해요. 그냥 좀 착각을……."

그러자 아이가 야무지게 답했다.

"서약서를 썼는데 어떻게 뽀작이 영혼을 분리해요? 그리고 길고양이도 울지 않았거든요? 참 나."

나는 무릎을 굽혀 시선을 낮추고 아이를 올려다봤다. 뱃속에서 쿵쾅대는 울림이 느껴졌다.

"혹시 지하실에 가봤어요? 혹시 내 친구, 송인이를 알아요? 왜 나를 이모라고 불렀어요?"

"저는 엄마 친구는 다 이모라고 부르는데……?"

"그럼 송인이 아들……?"

아이가 애매하게 빙긋 웃더니 손짓했다. 나는 이끌리

듯 아이를 따라나섰다. 가까운 곳에 송인이 살고 있나? 이름이 어떻게 시환이지? 아이는 어떻게 나를 알아봤을까? 뭐가 어떻게 된 거지?

아이를 따라 좁은 골목으로 들어섰다. 우리는 상가 건물을 통과해 반대편으로 나왔고 길고양이들만 지날 법한 비좁은 길로 들어섰다. 간신히 몸을 구겨넣고 천천히 걸음을 내딛는 사이, 주변이 점점 어두워졌다. 아무것도 보이지 않았다. 주변 벽을 더듬으며 조심조심 걷자 지면이 바닥으로 꺼지는 듯 낙하하는 감각을 느꼈다.

"이모! 거기 조심하세요. 우당탕탕 바나나 껍질 있어요."

송인과 함께 보냈던 시간이 바로 지금 고스란히 재현되는 것만 같았다. 가슴이 저려왔다. 갑자기 떠나버린 얄미운 옛 친구, 이름을 떠올리는 것만으로 왜 이렇게 마음이 아릴까? 조금 울컥하는 바람에 잔뜩 잠긴 목소리로 외쳤다.

"앗, 우당탕탕!"

나는 송인과 놀았던 시절처럼 꽈당 미끄러졌다. 천천

히 눈을 뜨자 검은 천장에 글씨가 흘렀다.

제28차 메인플롯을 재개합니다.

'이벤트 기록 아이템을 찾아라'

여긴 어디지? 줄곧 이야기 회복실에 머문 건가? 현실로 복귀한 줄로만 알았는데?

눈을 뜬 곳은 송인이네 지하실, 엽기 호러 코믹 이야기 속이었다. 악마에 씐 비행 불량배 집단이 가까운 곳에 있었다. 뽀작이가 나타나 나와 시환에게 지시했다.

"자, 다들 정신 똑바로 차려! 우리가 송인이를 구해야 해!"

"넌……?"

멍한 표정으로 뽀작이를 바라보자 뽀작이가 심각한 얼굴을 보였다. 공중으로 높이 뛰어오른 뽀작이가 내 얼굴을 찰싹찰싹 때렸다. 터질 듯 심장이 뛰기 시작했다.

"가자!"

뽀작이가 우리를 이끌었다. 어둠 속에서 세 명의 아

이가 송인을 둘러싸고서 추궁하고 있었다. 한 아이가 소리쳤다.

"야, 너희 집에 지하실이 어딨어? 정부관리주택이 언제부터 그렇게 대저택이었대? 어머, 우리나라 선진국인가 봐."

그러자 또 한 아이가 낮은 목소리로 빈정거렸다.

"야, 그러지 마. 30평 이하 집에 사는 사람들은 폐소공포증에 시달린대. 그런 환자들은 꿈과 망상의 세계에서라도 드넓게 살아야 한다고 우리 엄마가 그랬어. 나도 다 이해해. 송인아."

이번엔 여자아이의 목소리가 들렸다.

"네가 왜 내 남친한테 편지를 받느냐고! 진짜면 보여 달라니깐!"

"그것도 다 허풍이야. 지하실 얘기처럼."

"아니래. 편지 보냈대! 빨리 내놔!"

숨을 쉴 수가 없었다. 뽀작이와 시환이 내 곁에서 심호흡을 유도했다.

'나는 초등학교 4학년 나현이 아니야. 나는 서른 살 나현보다 더 성장한 어른이야.'

166

그러나 나는 한 치도 성장하지 못했다. 그때 일만 떠올리면 옴짝달싹할 수 없는 어른이었다. 그냥 눈을 감아버렸다, 그때도 지금도. 뽀작이와 시환이 내 손을 잡아줬다. 나는 천천히 눈을 뜨고 눈앞의 장면을 응시했다. 어둡고 무거운 커튼이 드리운 것처럼, 영화 속 암전인 것만 같던 주위가 조금씩 환해졌다.

송인이 완전히 거짓말쟁이로 낙인찍히고 아이들의 신뢰를 잃었을 때부터 지속적인 괴롭힘이 있었다. 아이들은 잔인했다. 부모와 주변 어른들의 잔인한 말을 보이지 않는 날개처럼 등 뒤에 달았을 땐 한층 더 잔인해졌다.

나는 아이들이 무서워 학교에선 송인과 살갑게 지내지 못했다. 방과 후, 학교에서 멀어져 우리 집에 단둘이 남았을 때, 나는 그때만 송인의 친구였다. 어째서인지 송인은 어설픈 반쪽짜리 친구인 나를 나무라지 않았다. 그게 더 괴로웠다.

그날도 나는 송인이 아이들에게 괴롭힘을 당하는 걸 목격했고 집에 돌아와 송인의 앞에서 울었다. 미안하다는 말이 차마 나오지 않았다. 송인은 오히려 나를 위로

하며 엽기 호러 코믹 저택으로 가자고 했다. 우리는 그 날 악마에 씐 비행 불량배 집단과 맞서는 한바탕 대활극 세계를 여행했다.

"나현아, 달빛 아래로 나가자."

송인은 나를 더 걱정했다. 달빛 아래서 송인은 우리가 봤던 괴롭힘 장면을 소동극이라고 말했고 자신의 이야기에 동의하라고 내게 윽박질렀다. 뽀작이는 영혼 상납 금지 조약을 요청했다. 나는 달빛 아래서 모두와 함께 서 있었다. 뽀작이와 송인이 날카롭게 나를 바라봤다. 나도 뽀작이 이름 옆에 차차를 썼고 서약인 송인의 이름 옆에 내 이름도 썼다. 지하실에서 만났던 괴로운 이야기, 내가 목격했던 장면은 이렇게 봉인되었다.

"한바탕 대활극이 끝났어. 아, 정말 재밌었어……."

송인은 고통스러운 일을 겪을 때 벗어나는 나름의 방법을 알고 있는 아이였다. 이야기가 가진 반창고 같은 힘을 알아채는 아이들은 대체로 피가 철철 흐르는 마음을 품은 아이, 상처 입은 아이들이었다. 자신이 넘겨왔던 것과 똑같은 방식으로 송인은 우리가 함께 목격한 상황을 잊으라고 말했다. 나는 송인의 말에 따랐다. 비겁하게도.

"나현아! 정신 차려!"

어둠 속에서 뽀작이가 나를 일으켰다. 갑자기 눈앞에 쏟아져들어온 선명한 풍경에 눈이 부셨다. 풍경 속에 떠오른 새로운 정보가 너무 많아 어지러웠다. 시환이 곁에서 나를 부축했다.

몸을 일으키자 그곳은 방과 후, 학교 근처 공사 중인 건물의 옥상이었다. 소동극을 끝내고 영혼 분리 금지 조약에 사인한 다음날이었다. 송인에게 윽박지르던 세 아이가 송인을 난간 구석으로 밀며 위협을 가하기 시작했다.

"어, 어, 송인이가⋯⋯!"

나는 옥상까지 따라와 아이들 가까이 다가갔었지만 결국 벽 뒤에 몸을 숨긴 채 무리에 뛰어들지 못했다. 손이 떨리고 다리가 후들거려 얼어버리고 말았다. 나 대신 뽀작이가 달려갔다.

"엽기 호러 불량 악마들! 죽어라!"

여섯 개의 손이 벌레 쫓듯 허공을 휘젓다가 뽀작이를 움켜잡더니 바닥에 내동댕이쳤다. 아이들의 손이 함부로 공중에서 휘날렸다.

그러다 쿵, 하는 소리가 들렸다. 무언가 떨어지는 소리, 육중한 물건이 바닥에 둔탁하게 부딪히는 소리였다. 곧이어 세 명의 아이들이 허둥대며 건물을 빠져나갔다. 나는 소리의 정체를 예감하곤 어이없게도 정신을 잃고 쓰러지고 말았다. 눈을 감기 전 난간에 매달린 뽀작이와 눈이 마주쳤다. 낙담한 표정으로 나를 바라보던 뽀작이 송인이 방금 떨어진 지점에서 건물 아래로 몸을 던졌다. 작게 툭, 하는 소리가 들리는 것 같았다.

나는 한동안 학교에 나가지 못했다. 얼마 후 몸을 추스리고 나서야 아이들을 만나러 갔다.

"너희, 송인이랑 같이 있었어?"

우리나라 선진국 다 됐다고 비아냥거렸던 우리 반 준석은 내 질문에 누굴 말하는지 모르겠다며 어깨를 으쓱했다. 30평 이하에 사는 사람들은 폐소공포증에 시달린다고 말하던 동훈은 나와 단 1초도 눈을 맞추지 않았다. 송인에게 편지를 내놓으라고 윽박질렀던 은혜는 내게 송인이가 누구냐고 반문했다. 아이들이 내게 자꾸만 등을 보였다. 내가 교실 복도를 걸을 때마다 발을 쭉 내밀어 존재감을 드러내던 남자애가 웬일인지 다리를 내밀지 않았다. 힐끗 눈이 마주친 남자애의 표정이 슬퍼 보였다. 평소 학생들에게 관심을 보이지 않던 양호 선생님이 괜히 나를 불러 별로 중요하지 않은 얘기를 물었다. 자꾸만 내게 괜찮으냐고 물어 화가 났다. 학교 앞 문방구 주인아저씨가 나를 보곤 무슨 말을 하려다 주인아주머니에게 저지당했다. 나는 평소처럼 생활하려고 애썼다. 눈을 똑바로 뜨고 입술을 앙다문 그 시절 내 모습이 애처로워 보였다. 차라리 울고불고 난리를 피웠다면 멍든 속마음을 주변 사람들이 알아줬을까?

내가 걸어가자 아이들이 모세의 기적처럼 양쪽으로 갈라졌다. 운동장 그늘 안에 앉아 있었더니 다른 아이들이 내 얘기를 했다.

"나현이랑 친했잖아?"

"나현이가 그날 송인이랑 같이 있었는데 기억을 못한대."

"선생님이 그랬어. 트라우마라고."

"알게 되면 나현이가 더 힘들어질 거래. 그냥 둬."

아이들의 말뜻이 이제야 이해됐다. 송인이 추락한 순간을 지켜보고도 나는 어이없게도 그 순간을 잊었다. 트라우마 때문이라며 사람들은 이해했다. 제대로 마주할 깜냥이 안 될 정도로 어렸던 나는 잊어달라고 한 송인의 말을 핑계 삼았다. 하지만 상처 입은 모든 어린이가 나처럼 똑같이 유약하진 않다는 건 나도 잘 알고 있었다.

나는 뒤늦게 그날의 진실을 마주한 뒤에도 하염없이 주저앉아 있었다. 서른 살 나현보다 성장한 나이가 된 지금도 어찌할 바를 몰랐다. 그때와 다를 게 없었다. 멀리 도망치지도 못했고 송인을 향해 달려가지도 못했고 내 친구가 차가운 바닥으로 떨어지기 전에 손을 뻗지도 못했다. 여기엔 우릴 도와줄 냥고도 없었다. 비겁하고 사악한, 어린 류머티즘 종족만 있었다. 그리고 나도 류머티즘 종족 중 하나였다. 다친 사람, 죽은 사람 뒤에 숨었으니까. 내가 편하려고 친구의 이야기를 이용하고 말았으니까. 나를 위한 스프만 끓이고 있었으니까.

"이모, 괜찮아?"

한 발 떨어져 가만히 지켜보고 있던 시환이 내게 물

었다.

"송인이는 어떻게 됐어요?"

"우리 엄마는 죽었어."

소년은 송인을 엄마라고 불렀다. 초등학생 때 죽은 아이가 엄마라니? 나는 아이의 얼굴을 똑바로 노려봤다.

"넌 그럼 누구야?"

"난 엄마가 살았더라면 태어났을 아이지. 내가 태어났더라면 아줌마를 이모라고 불렀을 거니까."

"그게 무슨 소리야! 송인이가 잊게 해준 이야기를 왜 지금 까발리는 거야! 너 도대체 뭐야!"

나는 소리쳤다. 아이가 낮은 목소리로 노래를 흥얼거리기 시작했다.

"영원한 서약. 가장 작은 존재의 친구 되어."

아이가 내 어깨를 감싸안았다. 아이의 심장 소리가 귓가에서 들려왔다.

"이모, 사실은 나도 없어. 우린 모두 이모가 만들어낸 존재야."

"도대체 왜 나타난 거야? 여긴 이야기가 아닌데? 여긴 현실이잖아?"

"현실에서도 이야기는 만들 수 있으니까."

나는 그동안 헷갈렸던 이야기를 아이에게 물었다.

"내게 엄마도 없고 언니도 없다는 얘긴, 내가 고아란 건 현실이야?"

"그것도 이야기야. 이모에겐 언니도 엄마도 있었어."

아이의 말을 듣고 안도했다. 다행이었다.

"그럼 서른 살 디자이너가 된 나현이가 미래에서 날 기다리겠다고 한 건?"

"그것도 이야기야."

서른 살 나현이 내게 해준 말들이 괘씸했다. 그는 엄마랑 언니와 함께 살았던 사랑받았던 시절을 기억하며 살게 하고 싶다고 말했다.

"다 거짓말이잖아? 도대체 누가 그런 거짓말을 한 거야?"

"이모를 사랑하는 사람들이 만들어준 이야기지."

"그게 사랑이야? 아무 일도 없었던 것처럼 다 잊고 착각 속에 무력하게 살게 하는 게? 나를 이렇게 망쳐버린 이야기가 사랑이냐고?"

지하실 공간이 더 깊은 바닥으로 빠져드는 것 같았

다. 추락하는 건지 떠오르는 건지 알 수 없을 만큼 어지러웠다.

"이모, 이제 돌아가자. 진짜 현실로."

아이가 내 어깨를 끌어안았다. 눈물이 툭툭 떨어져 아이의 신발 위에 내려앉았다.

나를 지킨다는 핑계로 환상 같은 이야기 속에 머물렀다. 그사이 많은 이야기를 놓쳤다. 송인은 자기가 고통 속에 빠진 와중에도 나를 피신시켰다. 자신이 겪은 끔찍한 현실을 엽기 호러 코믹 소동극으로 바꾸었다. 송인이 만든 이야기 덕에 나는 감당할 수 없는 이야기에 짓눌려 죽지 않았다. 송인처럼 쓰러진 사람이 자기 삶으로 만들어낸 이야기 위에서 나 같은 사람이 버텨온 거였다.

하지만 언제까지고 진실을 외면하며 지내는 건 나를 계속 유약한 상태에만 머물게 할 거였다. 이제라도 제대로 되돌려야 했다. 몸이 덜덜 떨렸고 동시에 의연해졌다. 처음 느끼는 감정이었다.

약한 존재를 벼랑에서 밀어버리고 태연한 자들을 지옥의 가장 밑바닥으로 처박고 싶었다. 할 수만 있다면 내 손으로 직접. 수십 년간 무의식 속에 갇혀 있던 장면이 폭발하듯 터져나왔다. 나는 그 장면을 계속 노려보았다. 더 이상 도피하고 싶지 않았다. 송인이 사라지지 않을 이야기를. 제대로 된 이야기를. 지금까지와는 다른 새로운 이야기를 원했다. 이상한 일이었다. 이야기는 도구도 아니고 무기도 아니었고 현실 자체도, 현실의 거울도 아니었다. 하지만 완전히 무력하지만은 않았다. 내가 새로운 이야기를 꿈꾸는 한.

늘 새로운 이야기를 만나고 싶었다. 조금은 난해하고 낯선 이야기. 이야기를 접한 뒤엔 어제의 나와 다른 존재가 될 이야기. 새로운 이야기가 어딘가에서 늘 나를 기다리고 있을 테지? 또 다른 이야기를 만날 수 있겠지? 다음번에 만날 이야기에 늘 설렜다. 약하고 편협하고 옹졸하고 악독한 내 세계를 완전히 무너트릴 새로운 이야기가 나를 찾아주길 바랐다. 세상에 간절히 바라는 이야기. 만약 어디에도 없다면 내가 새로 써야 했다. 내가 직접 본 이야기를. 어쩌면 나밖에 보지 못했던 장면, 그날의 가려졌던 이야기를.

나는 서브플롯에서 떠올렸던 생각을 다시 길어올

렸다.

줄곧 꿈꾸었던 이야기가 있었어. 바로 이 순간이었다. 마치 사막에 살던 선인장이 단비를 만난 것처럼 마음이 흠뻑 젖는 이야기였다. 죽고 싶었을 때 나를 살게 해준 이야기였어. 아니, 이미 한 번 죽었는데 부활했다고 느낀 이야기였다. 바로 내 이야기였어. 사랑하는 사람들이 내게 만들어 건네준 이야기. 모두가 평범하게 살아가는 이야기. 가장 간절하게 원했던 이야기였다.

'아무도 내게 허락하지 않는대도 좋아. 이야기를 찾아내겠어! 이번엔 내 손으로 직접!'

나는 건물 화단 앞에 섰다. 넓게 흙이 덮인 자국이 보였다. 화단 아래 배수구에 다가가 그 안을 들여다보았다. 송인이 추락한 바로 그 자리에서 낙하한 뽀작이가 배수구 안에 가만히 누워 있었다. 틈새에 꽉 끼인 뽀작이에 손이 닿지 않았다. 몸을 일으켜 건물을 올려다보았다. 내가 바라보는 사이 공사 중이었던 건물은 빨리 감기 한 영상처럼 새 건물로 탈바꿈했다. 핏자국이 남았던 자리엔 처연하게만 보이는 붉은 꽃이 만개해 있었다. 배수구 속엔 시간의 풍화 속에 낡아버린 뽀작이가 여전히 누워 있었다. 변색한 뽀작이가 보이는 배수구 바닥에 글씨가 흐르기 시작했다.

제28차 메인플롯

이벤트 기록 아이템 발견!
이벤트 캡처링에 성공했습니다!

'성공? 성공이라고?'

의아한 마음으로 고개를 들자 거리 풍경이 빠르게 흐르기 시작했다. 차량과 사람들이 가속하며 내 곁을 스쳐 지나갔다. 이내 익숙한 거리 풍경이 나타났다. 꿈에서 자주 봤던 곳이었다.

시환이 앞서 손짓했다. 아이가 안내하는 곳으로 따라갔다. 나는 허름한 건물 앞에 섰다. 깨진 창문에 검은 글씨가 흘렀다.

제29차 메인플롯을 재개합니다.

'이벤트 기록 아이템을 찾아라'

나는 반지하 방 앞에 섰다. 깨진 창문 안쪽에서 목소리가 들렸다. 엄마와 언니가 내지르는 비명 같은 외침 사이로 굵직한 아빠의 목소리가 들렸다.

"장유유서도 모르고, 부부유별도 모르고 대한민국 반인륜적인 세상이 다 됐어. 그게 바로 패륜이야. 우리 이렇게는 살지 말자 응?"

아빠는 구둣발로 활보하며 방 안을 온통 엉망으로 만들고 있었다.

"아빠가 돈 맡겨놨어? 왜 우리가 돈을 내야 하느냐고!"

거울이 깨지고 문짝이 뜯겨나가는 장면은 곁눈으로 보기만 해도 손이 덜덜 떨렸다. 그 와중에도 언니는 아빠에게 할 말을 다 했다.

"지금 반경 100미터 이내에 들어왔어. 신고했어."

아빠는 언니를 완전히 무시하면서 엄마에게 빈정거렸다.

"아빠를 신고하는 자식이 어딨어?"

"여기 있지! 아빠든 누구든 남에게 행패 부리면 난 신고해!"

"남? 얘가 아빠를 남이라고 하네?"

아빠는 코웃음을 쳤다. 사실 나도 눈치챘다. 아빠가 갑자기 들어온 바람에 두 사람은 신고할 틈이 없었다. 그때 내 손에 핸드폰이 있다면 어땠을까? 사실 아무것도 하지 못했을 거였다. 나는 그때도 지금도 이런 상황에 눈앞이 캄캄해지는 겁쟁이니까. 아빠도 상황을 다 파악한 듯 여유로웠다.

"남들은 다들 지아비 섬기고 아버지 공경하는데 기센 것들을 만나서 나도 참 고생이다. 내가 공양미 300석 빚이라도 졌어? 아니면 인당수에 빠지라고 하기를 했어. 왜 날 무시해? 엉?"

엄마가 떨리는 목소리로 말했다.

"옆집이 지금 신고했어. 이제 경찰 오니까 얼른 가라고."

깨진 창문 틈 사이에서 익숙한 장면이 펼쳐지고 있었다. 나는 호흡을 가다듬었다. 숨이 잘 쉬어지지 않았다. 오장육부가 구겨지는 것처럼 통증을 느꼈다. 간신히 몸을 일으키며 큰소리로 도움을 청했다.

"저기요! 누가 경찰 좀 불러주세요! 누구 없어요!"

사위가 조용했다. 두리번거리던 이웃들이 소음의 정체를 알고는 오히려 안으로 들어갔다. 열렸던 창문이 슬쩍 닫혔다. 이웃들도 한계에 다다른 모양이었다. 이웃의 목소리만 들려왔다.

"쯧쯧, 또 저러네."

"저러다 일내지."

"저 집 아빠란 작자가 지난번에 말렸던 아랫집 사람 직장까지 찾아가 해코지했다잖아. 완전 미친놈이야."

이웃들을 이해하지 못할 건 아니었다. 경찰 차량 소리도, 경찰을 부르는 목소리도 들리지 않았다. 반지하방에서 퍼져나가는 비명은 사람들을 불편하게 만들었지만 하도 자주 반복되어 이웃들에게도 일상이 되었다. 누군가에게는 절체절명의 순간일지언정 타인에게는 변하지 않는 상수 같은, 고정된 이야기가 되었다. 사람들의 편견이나 믿음 속에서 이야기가 굳어버렸다. 그토록 위험해진 이야기를 나는 똑바로 지켜보았다.

그날 나는 옷장 속에 있었다. 절대로 나오지 말라는

엄마의 신신당부 때문에 차차만 끌어안고 떨고 있었다. 옷장 안이 점점 더워졌다. 끓고 있는 물속에 잠겨 있는 것처럼 숨이 막혔다. 제발, 누군가 달려와 우릴 구해주길!

"아빠가 뭐 이래! 제발 그냥 가! 서로 상관하지 말고 살자고! 아빠 같은 인간은 차라리 없는 게 좋았어!"

나는 옷장 틈으로 언니가 소리치는 걸 바라보고 있었다. 우리 언니 정말 똑똑하고 천재 같고 야무지다. 나는 아무 말도 못 하는데. 미현 언니 멋있어. 똑소리나! 문제는 아빠였다. 협상 가능한 사람이라면 좋았겠지만 아빠야말로 류머티즘 종족이었다. 유전 인자 따위를 근거로 아내와 자식을 자기 삶을 위한 제물이나 수단 삼아도 된다고 여기는 폭압자였으니까. 아빠가 달려들어 언니를 구둣발로 찼다. 엄마가 한발 늦게 아빠를 막으려 뛰어들었다. 그 순간 언니가 뒤로 넘어졌다. 언니 목소리는 들리지 않았고 엄마의 비명이 귀청을 찢었다. 아빠는 곧 부서진 문을 통해 밖으로 나가버렸고 뒤이어 엄마가 언니를 업고 밖으로 나갔다. 기이할 정도로 조용해 인기척이 하나도 느껴지지 않는 걸 느꼈을 때도 나는 옷장을 나가지 못했다. 엄마가 나오라고 할 때까지 밖으로 나갈 수 없었다. 언니가 방금 넘어진 자리에 뱀처럼 길게 꾸물대며 흐르고 있는 검고 붉은 물을 보는 게 무서웠다.

아침이 되어 엄마가 옷장 문을 열었을 때 우리는 서로 힘껏 끌어안았다. 엄마가 잠긴 목소리로 말했다.

"우리, 인어랑 고양이 만나러 갈까?"

엄마가 다른 말을 할까 무서웠다. 이를테면 더 이상 언니를 볼 수 없다는 말. 붉은 뱀이 말해준 무서운 예감이 현실이라는 말. 언니처럼 당당하게 할 말 하는 사람이 고작 난폭하게 행패나 부리는 무능하고 어설픈 상대에게 무너졌다는 말 같은 거. 그래서 엄마를 따라 인어와 고양이를 만나러 갔다. 엄마와 나는 인어의 고향에 들렀다가 고양이를 골목으로 떠나보낸 뒤 집으로 돌아왔다. 돌아오는 길, 우리 이야기에 영원히 동행하지 못하게 된 사람을 생각하며 울었다. 언니가 차라리 영원히 이 이야기를 유치하다 생각한다면, 그래서 이 여행 속에 언니가 없는 거라면 좋을 텐데. 언제까지 어린 애같이 이야기 속에 머물 거냐고 영원히 나를 나무라며 잔소리를 해주면 좋을 텐데…….

나는 깨진 창문 사이로 그 순간을 바라보며 주저앉았다. 엄마를 꼭 끌어안고 누워 있는 어린 나를 바라보았다. 언니가 우리 삶에서, 여행에서 사라진 이유를, 그리고 내가 언니를 잊었던 이유를 똑똑히 지켜봤다. 두꺼운 구름이 머리 위에 고인 것 같았다. 무거운 기운과 함께 어두운 하늘을 뚫고 사납게 비가 내리기 시작했고 날씨와는 정반대로 사방이 환하게 느껴졌다.

그 직후의 일도 기억났다. 엄마가 한동안 일을 나가지 못한 후, 우리는 작은 짐을 꾸려 고시텔로 이사했다. 비좁은 방 안에서 엄마와 여행했다. 서른 살 나현도 만나고 왔다. 엄마는 그 이후로도 내가 오래 꿈꿀 행복한 미래를 미리 맛보게 해줬다. 건강하고 멋지게 하루하루를 살아가는 순간이었다.

엄마는 생애 최초의 여행 메이트였다. 함께 건너길 세계를 나와 함께 꿈꿔준 멋진 동반자였다. 내가 이야기 여행을 할 수 있었던 건 엄마의 특별한 능력 때문이었다. 긴 여행이 끝나면 언제나 현실은 낯설었다. 고작 30분 정도였을까? 현실의 시간은 그다지 흐르지 않았지만 몇 년쯤 여행하고 온 것 같은 기분이 들었다. 특별한 여행이 특별한 효과를 발휘하는 것을 알았던 엄마는 아슬아슬한 순간마다 매번 날 이야기 속으로 피신시켰다. 살아남기 위해 엄마가 처방해준 이야기였다. 부작용도 있었다. 시간 감각이 계속 엉켰다. 2층에서 살았던 시절과 반지하방으로 이사한 시절이 뒤섞였다. 나는 내 일대기를 일직선으로 이해하지 못할 정도로 혼란 속에 살았다.

여행을 마치고 돌아온 곳이 항상 이상했던 이유도 이제 알았다. 엄마는 나를 학대와 폭력의 순간에서 한발 비켜서게 했다. 하지만 돌아온 곳은 사나운 폭력이 제어되지도 처벌받지도 않는, 속수무책인 현실이었다.

고시텔에 머물렀던 시절, 나는 하염없이 옛 동네를 배회하다 슈퍼 아주머니를 만났다. 나는 아주머니에게 달려가 다짜고짜 물었다.

"아줌마! 우리 언니 봤어요?"

날 알아본 아줌마가 당황한 얼굴을 보였다. 아줌마가 일그러진 얼굴을 하고 다가오더니 내 얼굴을 양손으로 감쌌다.

"나현아. 미안하다. 너희 엄마가 나한테도 신신당부
했어. 미현이 언니는 이제 없어. 애초에 언니는 없었던
거야."

서른 살 나현의 말도 거짓말이었다. 사랑받았던 시절
을 기억하게 하려고 가짜 엄마와 가짜 언니를 내게 만
들어줬다는 말은 거짓말이었다. 나는 아줌마 품에 안겨
울었다. 울고 있었지만 조금 기뻤다. 내겐 엄마와 언니
가 있었어.

한참 주저앉아 울다가 눈을 떴다. 내 손에는 언니한
테 물려받은 차차가 들려 있었다. 아무도 없는 골목길
벽면에 글씨가 보였다.

제29차 메인플롯

이벤트 기록 아이템 발건!
이벤트 캡처링에 성공했습니다!

'도대체 뭘 성공했단 소리야?'
의문에 답해주는 사람도 없이 거리 풍경이 다시 빠르

게 흐르기 시작했다. 정신을 차리고 보니 골목 끝에 자리한 낡은 단독주택 앞마당에 서 있었다.

'여긴 또 어디지?'

시환이 앞장서 계단을 오르더니 현관을 가리켰다. 나는 시환의 얼굴을 한 번 바라보곤 가까이 다가갔다. 시환이 응원하듯 고개를 끄덕였다. 명패에 작은 글씨로 뭔가 쓰여 있었다.

사르밧 베이킹 공방
- 마르지 않는 밀가루와 기름을 네게 허락하리라 -

명패를 가만히 들여다보는 사이, 현관문 표면에 검은 글씨가 흘렀다.

제30차 메인플롯을 재개합니다.

크게 심호흡을 했다. 그러곤 문을 열고 안으로 들어갔다.

현관에는 작은 그림이 걸려 있었다. 마지막 한 끼가 될 밀가루 한 움큼과 기름 조금을 가진 과부와 아들, 그림을 설명하는 글귀가 보였다. 그림 아래에는 선지자 엘리야가 말했다는 구절이 인용되어 있었다.

"그 통의 가루가 떨어지지 아니하고, 그 병의 기름이 없어지지 아니하리라"(열왕기상 17장 14절)

사르밧 베이킹 공방……. 아, 이곳은 종교 단체가 운영하는 가정폭력 피해 여성들과 자녀들의 임시 숙소였다. 주택 한쪽에 제빵 시설이 있었다. 동네 빵집에 빵을 공급해 판매 수익으로 시설 운영비를 충당했다. 나는 엄마와 한동안 이곳에 머물렀다. 공방에 머물면서는 절대로 빵을 먹지 않았다. 전에는 빵을 정말 좋아했는데 그즈음 빵 냄새를 맡으면 기분이 우울했다. 냄새가 온몸의 모든 동력을 꺼버리는 것 같았다.

공동생활은 번잡스러웠다. 같이 지내는 아이들과도 자주 부딪혔다. 공방에서 만나지 않았다면 서로의 아픔을 가장 잘 이해하는 친구가 됐을 텐데. 임시 생활 공간, 생활이나 집이라는 말 앞에 붙은 '임시'라는 단어는 자주 혼동을 일으켰다. 임시변통한 공간에 머무는 우리

삶까지 하찮게 여기도록 했다. 유동적인 것이 모두 하찮을 리 없을 텐데 부적절한 착시가 우리를 자꾸만 자괴감과 무기력에 빠지게 했다.

어른들도 자주 싸웠다. 입주 시 특정 종교인의 입주를 우선한다는 방침 때문에 궁여지책으로 개종한 사람들도 있었다. 포교 명목의 입주 기준은 어떤 사람을 거짓말쟁이로 만들었다.

이곳에서 생계가 곤란한 가난한 어머니와 아이들이 영원히 배곯지 않는다는 성서 속 이야기는 변질됐다. 사르밧 과부 이야기는 어떤 이들에게는 신이 허락한 기적 같은 이야기였지만, 다른 이들에겐 거짓말을 해야 권리가 허락되는 이야기가 됐다. 엄마도 공방 운영진에게 자주 항의했다. 공방 운영진은 정부 지원금을 하느님의 돈처럼 여겼다. 그곳에서 하느님의 룰은 특정한 사람들의 룰이었고 그 룰에 따르지 않는 건 하느님의 은총을 거부하는 일이 됐다. 항의하는 사람에겐 추방을 선언하는 말만 돌아왔다. 어린 나이였기에 명확히 알아챌 순 없었지만 빵 냄새와 함께 나는 매일 답답한 낌새를 맡았다.

어수선한 환경 속에서 나는 이유도 없이 자주 아팠다. 소아과에 가면 엄마는 매번 의사의 호통을 들어야 했다. 아이 건강을 위해 안정적인 환경이 필요하다는 말, 지극히 이상적인 말이지만 동시에 아무런 처방이 되지 않는 말이었다. 엄마가 나를 반복해 이야기 속으로 여행을 보낸 것은 이상적인 탈출은 되지 못했지만 영원히 망상 속에 머물라는 식의 고약한 요술은 아니었다. 실제로 엄마와 이야기 여행을 다녀온 뒤 나는 잠깐이나마 학교도 다닐 수 있었고 일상을 이어갈 수 있었다. 일시적이었을지언정 유의미한 처치였다. 지금 생각해보면 수긍이 됐다. 나 같은 사람들에겐 제대로 도피하는 일도 꼭 필요했다.

그날 번잡스러운 공방 안 다락방에 올라갔다. 엄마와 나란히 누워 있다가 함께 서른 살 나현을 만나러 갔다. 그곳에서 엄마는 산책하고 오겠다며 자리를 비웠다. 서른 살 나현이 내게 마음이 차가워지는 이야기를 했다.

"우리한테는 원래 엄마도 아빠도 언니도 없었어."

몹시 기분이 나빴다. 뭐야, 이젠 나한테서 엄마까지 뺏어갈 생각이야? 아니, 혹시 엄마가 날 떠나려고 미리

복선을 까는 건가? 혼란스러운 내게 나현이 당부하듯
말했다.

"지금부터 넌 혼자가 될 거야. 미래에서 내가 널 기다
리고 있을게."

나는 괴성을 지르며 눈에 보이는 것들을 엉망으로 헝
클어트리기 시작했다.

"거짓말! 이런 거 필요 없으니까 다 돌려놔! 빨리!"

다음 순간, 나는 혼자 남은 다락방 안에서 눈을 떴다.
공동 거실로 나가보니 집이 엉망이었다. 지진이라도 난
듯 박살난 공간 여기저기에 찢어진 옷가지와 핏자국이
보였다. 공방 명패가 깨진 채 바닥에 구르고 있었다.

"엄마?"

공기 중에 밀가루가 날리고 있었다. 아직 포장하지
않은 빵이 공방 바닥에 흩어져 뒹굴고 있었다. 하얀 빵
은 누군가의 흙발에 짓이겨 있었다. 좋아하는 빵은 아
니었지만 바닥을 나뒹구는 모습을 보니 화가 났다. 짓
밟힌 게 빵이 아니라 나인 것만 같았다.

문이 벌컥 열렸고 공사장 인력인 듯 보이는 작업복
차림의 아저씨들 몇이 나를 내려다봤다.

"뭐야? 아직 애가 있잖아?"

"야, 빨리 나가. 건물 부순다고."

"왜요? 우리 엄마는요?"

"내가 어떻게 알아?"

마당으로 끌려나오며 나는 두리번거렸다. 마당 한쪽에 선 시환이 내 쪽을 가만히 지켜보고 있었다. 사람들 말이 들려왔다.

"이런 게 세금 낭비지. 이상한 데에 돈을 뿌려대서 이런 불법 시설이 전국에 우후죽순이잖아."

한 아저씨가 나를 가리키며 말했다.

"이렇게 돈을 퍼주니까 생활력 없는 수급자들이 계속 느는 거야."

"이런 반쪽짜리 인생들을 부양하느라 우리 같은 건장한 사람들만 뼈가 으스러진다고."

나 들으라는 듯 쏟아지는 말을 들으며 사람들의 얼굴을 바라보았다. 기시감이 드는 장면이었다. 어쩐지 주변이 조금 환해지는 기분이 들었다. 사람들의 얼굴을 이렇게 똑바로 노려보는 건 처음이었다. 전에는 무서워서 제대로 보지도 못했는데 무섭지 않았다. 아니, 사람들이 모두 우습고 별 볼 일 없어 보였다.

아무리 우리 삶이 불안정하다고 해도 당신들이 경멸할 이유는 없었다. 이 삶을 임시라고 말할 사람은 우리밖에 없어.

나는 번쩍 고개를 들고 주변 사람들을 노려봤다.

"그거 알아? 생계곤란자는 군대도 면제란다."

"정부가 건설업에 돈을 쓰면 지표가 확 달라지거든."

"보수 정권이 돈을 쓸 땐 화끈하지."

쏟아지는 말에도 귀를 막지 않았다. 말도 안 되는 말이었지만 똑똑히 들었다.

샐비지 클리닉에서 봤던 테스트 영상이 생각났다. 남의 머리 위로 떨어진 쇳덩이를 보면서도 그게 영원히 자기 머리 위엔 떨어지지 않을 거라 믿는 자들, 편협하고 자의적인 신앙인들. 난폭함이 힘인 줄로만 아는 무능하고 어설픈 존재들. 말도 안 되는 이유를 납득하면서 세상을 국 끓여 먹는 류머티즘 종족들이었다. 서브플롯 밖에서도 활보하는 궁상스러운 악당들, 엑스트라도 되지 못할 존재들이다.

침착하자, 냉정해지자, 나는 마음을 다잡았다. 이건

지금 벌어지고 있는 사건이 아니었다. 어렸을 때 겪었던 일, 이미 과거가 된 일이야. 지금의 나는 서른 살 나현보다 훨씬 미래에 도착해 있었다. 더 여유롭고 더 큰 상태라고. 나는 남자들에게 다가가 침착하게 항의했다.

"도대체 뭐 하는 겁니까? 당신들 어디서 온 거예요?"

배에 힘을 주고 소리쳤다. 아무도 나를 돌아보지 않았다.

그 순간이었다. 사람들의 뭉개진 얼굴을 노려보는 사이 그들의 인상착의가 또렷이 떠올랐다. 옷차림, 걸음걸이, 얼굴에 있는 점, 삐뚤어진 치열, 귓불⋯⋯.

곧 깔끔한 양복 위에 형광 조끼를 덧입고 헬멧을 쓴 사람이 나타났다. 그의 지시를 받은 남자들이 일사불란하게 흩어졌다. 중장비가 철거를 시작했다. 귀를 찢는 소음을 견디며 나는 사람들 얼굴을 노려봤다. 그날 공방 마당에서 벌어진 일을 직시하는 것도 처음이었다. 그동안 엄마를 놓치고 엉망이 된 공방 풍경을 목격한 순간만 기억하고 있었는데 눈앞의 상황이 바뀌었다. 풍경은 처참했지만 눈이 부시도록 선명했다. 선명한 기억이 차례차례 떠올랐다.

그날 사설 용역 깡패들의 철거 작업 중 사람들이 죽고 다쳤다. 무차별 폭행과 원인 불명 화재를 일으킨 후 깡패들은 금세 사라졌고 철거는 완료됐다. 나중에 뉴스 기사를 찾아봤지만 불법 점거 사설 기관, 불법 과격 시위에 대한 적법한 대응이라는 보도가 쏟아졌을 뿐이었다. 엄마는 뉴스가 근엄하게 언급한 바로 그 '적법한 대응' 중에 중상을 입었다. 공방에 머물던 사람들은 철거일 며칠 전부터 각오하고 있었다. 전국 각지에서 벌어진 일들을 보았기에 최악의 상황을 염두에 두고 있었다. 물론 죽음을 각오한 것은 아니었다. 정말로 갈 곳이 없었기 때문에 해야 할 말을 각오했을 뿐이었다.

여긴 벼랑 끝이다. 손끝 하나 건드려도 살인이다!

공방 창문과 벽면에 절규와 같은 구호가 걸린 밤, 엄마는 떨고 있는 나를 안고 그 자리에서 서른 살 나현과 만나는 이야기를 만들어줬다. 엄마가 나를 떠나기 전날의 일이었다.

다음 순간, 나는 병원 복도에 서 있었다. 마지막일지 모른다는 말과 함께 허락된 짧은 면회였다. 무균실에 들어간 나는 엄마 침대 곁에 나란히 누웠다. 반대쪽 엄마 옆구리에서 누군가 고개를 쑥 들 것만 같았다. 내가 하는 말은 전부 유치하다며 딴지를 걸 것 같은 기분. 근데 그 사람은 누구였더라? 아, 기억났다. 그건 우리 미현 언니야!

"엄마, 이젠 나 혼자만 여행을 떠나보내려는 거야? 엄마가 없으면 가기 싫은데……."

엄마는 답하지 않았다. 내게 재밌는 옛날이야기를 들려주고 싶지만 고된 노동이 힘들어 너무너무 잠이 쏟아지던 그 시절 같았다.

"또 이야기 지어주려는 거지? 아픈 일들 모두 다 잊고 행복한 서른 살이 되라고 말하고 싶은 거지?"

엄마가 조금 불규칙하게 숨을 쉬었다.

"엄마가 들려준 얘기가 세상에서 제일 재밌었어. 엄마 이야기가 없었다면 지금보다 훨씬 더 힘들었을 거야. 고마워, 엄마."

나는 엄마 손을 꼭 쥐었다. 차갑고 딱딱했다.

"엄마가 들려준 대로, 서른 살 나현이를 만날 때까지 열심히 살아갈게. 근데 이제 몽상가가 되진 않을 거야. 영악한 이야기만 따라갈 거거든. 조금 재미없을 것 같아, 그렇지? 그래도 잘 버텨볼게. 그러니까 엄마, 내 걱정은 말고 잘 가."

내 인사를 듣고서 엄마는 떠났다. 높은 데시벨의 일정한 기계음이 병실 안에 흘렀다. 나는 끙, 하며 몸을 일으켰다.

"야, 엄마 또 잠들었다."

반대편에서 고개를 든 미현 언니가 말하는 것 같았다. 두 사람의 실루엣이 희미해지며 천천히 모습을 감췄다.

그날 엄마가 날 지키려 고안해낸 이야기를 따르기로 결심했다. 그날 이후 나는 조금은 냉정한 아이가 되어 혼자 살아갔다. 이상한 병명을 들으러 병원에 들르지 않을 정도로 일상을 이어갔다. 상태가 좋아진 것인지 더 나빠진 것인지는 알 수 없었다.

혼자 남은 나는 멍하니 병실에 앉아 있었다. 손에는 공방의 빵이 들려 있었다. 방금 만든 것처럼 따듯했다.

병실 벽면에 검은 글씨가 흘렀다.

제30차 메인플롯

이벤트 기록 아이템 발견!

이벤트 캡처링에 성공했습니다!

제5부

[메인플롯] : 당신을 위한 당신만의 이야기

성공했다는 표현이 거슬려 도저히 참을 수 없었다. 누가 이따위 메시지를 보여주는 거지? 도대체 왜? 나는 벌떡 일어나 허공을 향해 외쳤다.

"이게 무슨 성공이야? 이건 완전히 망한 이야기야! 되돌릴 수도 없이 다 끝장난 이야기라고! 우리 같은 사람이 결국 패배한 이야기잖아! 도대체 뭐가 성공이라는 거야? 우린 졌어! 완전히 끝났다고!"

침대를 주먹으로 내리쳤다.

"제발 다 꺼져버리라고!"

그러자 누군가 병실 안으로 달려 들어왔다. 김듀라 선생님이었다. 선생님이 폴짝폴짝 뛰며 환하게 웃고 있었다.

"나현 씨! 캡처에 성공했어요! 에러 지점이 드디어 기록으로 포착됐습니다! 너무 잘됐어요! 축하해요!"

그의 말뜻이 이해되지 않았다. 축하를 건네는 그의 눈동자가 촉촉해 보여 화를 내다 머쓱해졌다. 찡그린 미간을 풀지 않은 채 나는 그에게 다음 말을 독촉했다.

"28차, 29차, 30차 에러 지점이 제일 속을 썩이더니. 정말 다행이에요. 포기했으면 어쩔 뻔했어요! 내 말이 맞죠?"

김듀라 선생님의 얼굴을 들여다보면서 나는 의아했다. 자기 일이 아닌데도 진심으로 기뻐하는 얼굴이란 게 느껴졌다. 저 사람은 왜 남의 일에 저렇게까지 기뻐하지? 내가 잊어버린 일을 두고 왜 나보다 더 감격할까? 그는 내 곁에 앉아 차근차근 설명을 시작했다. 어린아이에게 동화 구연을 하듯 차분하고 알기 쉬운 말이었다.

사건을 목격했지만 사람의 망각 속에 가라앉은 기억

이 있다. 완전히 차단되었던 기억, 내부적 외부적 원인으로 기억이 완전히 사라진 지점. 그러나 분명히 남아 있는 지점. 기억 로그 채취가 불가능한 에러 지점. 선생님은 사람의 잊혀진 기억을 반복적으로 탐색했다고 했다. 그리고 오늘 처음으로 기록 캡처에 성공했다고 했다.

나는 이전보다 훨씬 선명해 보였던 옛 풍경을 떠올렸다. 하나, 둘, 셋……. 이전에 못 봤던 장면, 아니 잊었던 정보였다. 새롭게 마주한 그 장면은 바로…….

"송인이가 추락한 현장, 언니가 사망한 현장 그리고 엄마가 공방에서 중상을 입은 현장, 맞나요?"

김 선생님이 손을 모으고 고개를 끄덕였다. 나는 여전히 냉랭한 기분 속에 있었다. 이게 성공한 거야? 사랑하는 사람들을 잃었던 일을, 애써 잊었던 걸 똑똑히 확인하는 게 성공이야? 뭘 위한 성공이지?

"근데 왜 이제야 제 기억을 헤집은 거죠? 누가 한 거죠?"

김듀라 선생님이 말했다.

"나현 씨 자신이 희망했습니다."

"내가요? 내가 이 이야기를 시작했다고요?"

김 선생님이 아까보다 더 환하게 웃어 보였다.

그제야 내가 이 프로젝트를 참여하기 직전까지 끈질기게 거부했던 게 기억났다. 그때도 김 선생님은 내 앞에서 지금처럼 두 손을 모으고 있었다.

사랑하는 사람을 셋이나 잃고 성인이 된 나는 인지능력이 나날이 퇴행했다. 기억력과 판단력이 좋지 않았고 행동도 굼떴다. 어딜 가나 생활력도 의지도 없단 얘길 들었다. 무식하단 얘길 들었고 미쳤다는 이야기도 자주 들었다. 바닥과 천장을 구분하지 못하며 살았다. 나도 날 포기했었다. 그때 나는 김 선생님도 신뢰하지 않았다.

"당신들 도대체 뭐야? 이거 무슨 실험이야? 내가 병들고 가족도 돈도 없는 초라한 인간이라고 막 해도 된다고 생각하는 거야? 먹을 거 조금 주고 잠잘 곳 주면 당신들 뜻대로 실험쥐가 되어줄 줄 알았어? 이거 왜 이래? 날 뭘로 보는 거야!"

나는 공격적인 태도로 일관했다. 가여워하는 사람도 있었지만 반복해 악의를 보이면 대부분 지쳐버렸다. 그

럴수록 나는 충돌했다. 어설프게 짧은 친절을 보이며 자기만족이나 꾀하는 이들을 마음껏 비웃었다. 너의 자선의 바닥을 좀 봐. 연극적인 사람들을 역겨워하며 일부러 큰소리를 냈다. 웬만한 사람들은 두 손 두 발 다 들고 나가떨어졌고 나는 그것 보라며 비웃었다.

'위선자들!'

착한 척하는 사람들이 변하는 모습을 보는 건 꽤 즐거웠다. 다들 별거 아닌 일로 금세 바닥을 드러냈다. 그걸 보면 나의 추락 역시 지극히 평범하다는 생각이 들어 위안이 됐다.

그런데 금방 다가왔다 쉽게 멀어지는 사람들 중에 이상한 사람이 한 명 있었다. 다른 이들보다 한층 더 강렬하게 부딪혔는데도 나가떨어지지 않고 자꾸만 얼굴을 보였다. 그가 나의 담당자를 자처했다. 김듀라? 이름이 뭐 저래?

아이처럼 환하게 웃는 김듀라 선생의 얼굴을 가만히 바라봤다.

그리고 김 선생님은 오늘 증언자 기억 로그 캡처 장

치 위트니스(WITNESS : Work In Testimony & Evincing Sampling System)를 통해 나의 옛 기억을 끌어올렸다.

그가 설명했다. 몇 년 전부터 기억 정보를 채취하는 기술을 통해 당사자의 목격담과 증언이 시청각적 증거로 제출되기 시작했다.

"물론 모든 기술이 다 완벽할 순 없지요. 위트니스 기술도 한계가 있었어요."

기억 채취에 따른 여러 가지 문제가 즉각 예상됐다. 사람의 기억은 임의적이고 자주 바뀐다. 위트니스를 통해서도 확인됐다고 한다. 특히 자기중심적이거나 으스대는 사람의 기억은 현실을 거의 반영하지 않는 일도 많았다고 했다. 지나치게 겁이 많은 사람도 현실을 왜곡해 인지했다. 나는 설명을 들으며 고개를 끄덕였다. 정말 그럴 것 같았다. 저장된 정보는 개인의 성향에 따라 객관적 진위가 달라졌다. 초기 위트니스 데이터는 법적인 증거로 채택되지 못했다. 당사자의 정서를 반영한 참고 자료 정도로만 취급되었다.

그런데 극심한 트라우마를 입은 사람의 기억은 통상적인 기억 프로세스와 달리 분절적으로 보존된다는 점이 밝혀졌다.

이해가 가지 않았다. 무서운 일이 벌어졌을 때마다 나는 도무지 제정신이 아니었다. 위태로운 상태로 목격한 순간이 증거로 채택되긴 어렵지 않을까?

"깊은 트라우마에 빠진 순간, 외부 정보를 차단하고 봉인하면 후속적 기억 가공이 거의 없었어요. 즉, 사건 이후의 해석에 의해 덮어씌우거나 변형되지 않고 비교적 온전하게 로그를 채취할 수 있었어요."

김 선생님도 일원이었던 프로젝트팀은 증언 추출 작업에 포커스를 맞췄다. 봉인된 기억을 가진 사람들을 모았다. 나는 이 팀에서 봉인되었던 과거의 경험을 반복해 마주하고 있었다.

증언 제출을 위해 목격담을 채취하는 데에는 사건을 다시 마주할 피해자들의 결단과 용기가 필요했다. 각자의 이유로 차단되고 분절된 기억, 자신의 '에러 지점'을 직시해야 했다. 트라우마를 일으킨 사건을 다시 마주하려면 커다란 각오가 필요했다. 직시하지 못하는 사람도 많았다. 용기를 낸 사람들만이 기억 속에 남은 사건 당시 현장을 반복해 경험했다. 애써 잊은 순간을 떠올리

며 인생을 난도질당하는 일을 한 번 더 겪어내면 성공
이었다. 나는 메인플롯 안에서 실패를 거듭했다.

한편 나처럼 이전 경험을 직시하는 일에 실패하는 사
람을 위한 대안이 제시됐다. 위트니스팀에 소속된 소설
가와 시인, 에세이스트들이 함께 아이디어를 냈다. 원
래 기억에 없는 정보를 위트니스 추출 시스템에 가미하
는 아이디어였다. 팀원들은 이를 실제 기억인 메인플롯
과 구분해 서브플롯이라 불렀다.

서브플롯을 통해 증언자는 자신의 인생을 재해석한
다. 그 뒤 메인플롯을 다시 직시한다. 자신의 에러 지점
을 제삼자의 시각으로, 혹은 이전과는 다른 시각으로
마주하게 하는 기획이었다. 눈앞에 나타났던 경고문 내
용이 떠올랐다. 실패, 성공의 의미는 내 삶 자체에 대한
성패가 아니었다. 사건을 제대로 직시하느냐 여부를 말
한 것이었다.

서브플롯 역시 모든 이에게 유효한 것은 아니었다.
하지만 내겐 유효했다. 내 경우엔 서브플롯에서 시환과
낭고를 만난 뒤 메인플롯으로 돌아오면 에러 지점을 마
주할 때 이전과는 조금 다른 태도를 보였다. 나는 메인

플롯과 서브플롯을 오가며 봉인된 기억을 마주하는 '커스텀 퀘스트'를 반복해 시도했다. 이야기를 88번 반복했다.

"송인이와 미현 언니, 어머님이 만든 이야기 속에서 나현 씨는 줄곧 버텼어요. 그리고 이젠 그분들이 사라지지 않을 이야기를 당신이 시작한 거예요."

김 선생님은 감격한 듯했지만 나는 마냥 기쁘진 않았다. 사랑하는 사람들을 놓쳤다는 걸 똑똑히 확인하는 일이기도 했으니까.

"송인이랑 미현 언니랑 우리 엄마가 알면 나를 용서해줄까요? 몽땅 다 잊고 속 편히 살았는데?"

그가 내 손을 잡았다.

"제가 만약 송인이라면, 만약 미현 언니라면, 제가 나현 씨 엄마라면 나현 씨가 너무 대견할 겁니다."

그의 손끝에 살짝 힘이 들어갔다.

"약한 존재들의 손에 이야기가 남았어요. 목격과 증언이라는 가장 강력한 이야기가요."

나는 회복실에서 다시 몸을 일으켰다. 김 선생님과

내가 함께 만들어낸 가공의 이야기에서 빠져나와 현실을 마주한 순간이었다.

"어디까지가 서브플롯이었죠?"

중학생 시환을 만난 일까지. 그 이전까지 경험한 일은 모두 서브플롯이었다. 메인플롯 속 엄마와의 특별한 이야기가 사라지지 않았다는 사실에 가장 안도했다. 미현 언니가 우리 곁에 분명히 존재했다는 사실이, 송인과 함께 보낸 시간이 엄연했다는 사실이 마냥 기뻤다.

"나현 씨 말대로예요. 여행을 끝내면 이전에 살던 곳과 전혀 다른 곳에 도착하네요. 나현 씨 덕분에 저도 특별한 여행을 했어요."

여행……. 내게 여행이란 견디기 힘든 재난 같은 현실을 직시할 수 없어 피신하는 일이었다. 그게 나의 여행이었다. 이야기란 다른 세계로 가는 길을 알려주는 가이드북 같은 거였다.

숨 막히는 현실 안에서 엄마는 내게 숨 쉴 수 있는 세계를 마련해줬다. 그런 세계가 있었다. 타인과 함께 꿈꾸는 순간에야 비로소 탄생하는 세계. 남의 이야기를 내 이야기처럼 아프게 느낀 사람들만이 공유하는 세계.

새로운 이야기가 시작될 세계가 나를 기다리고 있었다. 여행을 떠날 수만 있다면 언제든지.

수십 년간 무의식 속에 가라앉아 있던 숨은 진실이 위트니스 시스템을 거쳐 시각 데이터로 가시화됐다. 캡처링에 성공한 장면이 법정 증거로 채택되었다.

추출된 이야기는 현장 검증과 대조를 거쳤다. 기억 속 송인이 추락한 곳에서 35년 전 함께 배수구에 빠진 뽀작이 인형이 발견됐다. 그동안 한 번도 처벌받지 않았던 아이들, 준석과 동훈, 은혜가 현장에 있었다는 증언이 처음으로 제출되었다. 사십대가 된 세 사람은 즉각 변호인을 선임했다. 세 사람 측 공동 변호인은 위트니스 로그 채취 기술의 미비점과 나의 불안정한 생활을 집요하게 물고 늘어졌다. 마약 투약 이력을 들어 내가 여전히 환각과 현실을 구분하지 못한다고 주장했다. 미디어에는 세 사람의 변호단 측 주장만 일방적으로 실렸다. 사실관계가 가장 중요하다고 말하는 사람들이 앞장서 이야기를 지어내고 있었다. 도를 넘은 인신공격이 이어지나 싶더니 어디선가 개인정보까지 폭로된 모양이었다. 그 후 초등학교 때 같은 반 동창들이 나서줬다.

송인과 관련된 기억을 뒷받침하는 증언이 추가로 이어 졌다.

우리 언니 고미현이 사망한 순간의 전후 정황도 제출 되었다. 부친은 줄곧 우리 집 반경 100미터 밖에 놓아 두었던 전자발찌의 위치를 알리바이로 제시해온 참이 었다. 그의 집행정지 취소가 결정되었다.

또한 공방 화재 참사를 일으킨 자들, 용역업체에서 일했던 3인의 정보도 확인됐다. 3인이 특정되자 계좌 입출금 기록이 드러났다. 13년 전, 미래건설부 산하 정 부 기관이 보수 정권의 집권 연장을 위해 정부 보조금 을 불법 전용한 사례가 줄지어 폭로됐다.

나는 일련의 상황을 담담하게 지켜봤다. 이상하게도 마음이 잔잔했다. 너무 오래 아파해서일까? 새삼스레 아파할 방법을 몰랐다.

하지만 이상하게도 나와 비슷한 일을 겪은 다른 이 의 상황을 접하면 억눌렀던 감정이 터져나왔다. 학교폭 력과 가정폭력, 약자에 대한 혐오폭력 발생 건수가 매 년 늘고 있으며, 점점 더 드러나지 않는다는 이야기를 들었다. 나와 똑같았을 누군가의 고통이 그저 데이터의

하나로 밀려나는 걸 보기 힘들었다. 봉인해두었던 옛일을 다시 마주하는 것처럼 괴로웠다. 심리적 고통은 몸의 통증을 일으켰다. 마음이 위축되니 정말로 심장이 아팠다. 갑자기 연민을 배운 건 아니었다. 트리거가 발동하듯 내 문제가 동시에 떠올랐다. 반사적인 통증이었다. 사회적 동물만 느끼는 환상통이라고 말할 수 있을까? 하지만 모든 이들이 이 고통을 통감하진 않는 모양이었다. 무감각증에 시달리는 사람들은 현실에도 많았다. 우리는 남의 죽음이 결국 자기 죽음으로 돌아오는 줄도 모르는 무감각증, 류머티즘 종족들의 세계에 살고 있다. 타인의 이야기를 먼 행성의 이야기로 끝내지 않을 처방전이 필요했다. 여전히 새로운 이야기가 필요했다.

위트니스 데이터가 법정에 제출될 때 또 하나 문제가 있었다. 프로젝트팀이 추출한 이벤트 캡처 지점이 바로 고나현, 나 자신의 기억임을 증명해야 했다.

"그게 무슨 뜻이죠? 내가 나라는 사실을 입증해야 한다니요?"

당연한 사실을 어떻게 증명해야 하지? 나는 위트니

스팀 사람들로부터 또 다른 고나현의 존재에 대해 설명을 들었다.

"허구의 고나현이라고 할까요? 주민등록증만 혼자 돌아다녔던 고나현 씨가 있었습니다. 그 사람은 허상이었지만 파산했어요. 한 개인이 담당할 수 없는 어마어마한 빚을 지고서요."

삶의 의욕을 잃고 길에 주저앉았던 내게 사탕을 건넨 사람들은 통제를 잃은 무력한 몸에 위해를 가했고 장기 일부를 탈취해 간 데 더해 나의 사회적 존재까지 허락 없이 헤집었다. 사회적으로 나는 죽은 사람이나 다름없었다. 현실의 고나현은 엄청난 빚을 지고 파산했고 도저히 회생이 불가능했다. 내가 나를 놓친 사이, 남이 내 인생을 멋대로 탕진했다. 사회적 자아를 깡그리 도둑맞았다.

위트니스팀은 니 고나현의 기억과 파신힌 자의 기억과 다르다는 것을 증명했다. 28차 이전의 이벤트와 30차 이후 다수의 이벤트 지점은 무리한 빚을 진 서류상의 고나현이 실재하는 내가 아님을 확인해주었다. 허상의 고나현이 빚 담보 서류에 사인했던 시점에 나는 전혀 다른 곳에 누워 있었다. 더럽혀진 이름이었지만 나는 내 이름을 되찾았다. 나를 증명해 원래 나 자신으로 복귀할 수 있었다. 내 과거에 아무 일도 없다는 사실이 홀가분했다. 아무것도 없는 편이 새로운 시작에 어울리는 듯했다. 위트니스팀이 내게 보내준 응원 같았다.

　세 가지 재판이 진행되는 중, 나는 김듀라 선생님이 소속된 팀에서 서브플롯 구성작가가 되어 일을 돕기 시작했다. 다른 이의 이야기를 듣고 그가 원하는 이야기를 만들기 위해 장면을 제안하는 일이었다. 메인플롯에 닿기 직전 단계, 딱 한 사람의 독자에게 유효할 이야기를 궁리했다. 기승전결이 필요했다. 웃음과 카타르시스와 반전 그리고 위로와 격려가 필요했다. 원하는 결론을 위해 요소들을 적절하게 배치해야 했다. 무엇보다 당사자가 사랑해주는 이야기를 만들어야 했다.

　김듀라 선생님과 매일 구성 회의를 하며 아이디어를 짜냈다. 우리가 첫 독자가 되어 웃다 울었다. 김 선생님은 참 재밌는 사람이었다.

　'이 사람은 남의 이야기에 왜 이렇게 매달릴까?'

남의 이야기를 그냥 두고 볼 수 없는 사람들이 작가가 되는 모양이었다. 나는 작가로서 재능은 별로 없었지만 남의 이야기에 공감하는 데에는 재능이 있는 듯했다. 내 경험과 비슷한 접점을 발견하면, 또는 나의 두려움이나 약한 마음에 비춰보면 그 사람의 심정을 공감하는 일이 어렵지 않았다. 어리석은 선택을 하는 사람들을 대할 땐 프로젝트팀 그 누구보다 깊이 이해할 자신이 있었다. 상대에게 필요한 이야기를 궁리하며 나도 바빠졌다. 바쁜 하루하루가 나를 살게 했다. 남을 위한 이야기를 만들며 내 삶도 새롭게 만들고 있다는 것을 체감했다. 어렸을 때 송인이 내게 들려준 이야기를 이번엔 내 식대로 모방해보는 것 같았다.

"근데 선생님은 이름을 왜 그렇게 지었어요? 필명이죠?"

구성 회의 중에 불현듯 신생님에게 물었다.

"제가 좋아하고 존경하는 작가들의 이름을 한 글자씩 모아서 만든 필명이에요."

김 선생님이 장난스럽게 웃었다.

"이름이 강렬하니 기억엔 잘 남네요."

"작가 이름이 좀 특이하면 궁금증이 생기지 않아요?"

"그런가요? 그럼 시환이 이름은 누가 지었어요?"

"그건 제가 지은 게 아니랍니다. 자기 이름을 우리 팀에 제공해준 사람이 있어요."

"그게 누군데요?"

선생님은 이야기를 함께 만들어간 사람들이 있다고 말했다.

"프로젝트 담당자들 말고 더 있다고요?"

"네, 나현 씨도 곧 알게 될 거예요. 근데 우리 프로젝트, 영화 같지 않아요? 영화배우를 직접 만난 것처럼 깜짝 놀랄지도 모르겠네요."

하여튼, 복선을 좋아하는 사람과 나누는 대화는 아주 귀찮았다. 작가들은 일상적인 대화를 잘 못하는 사람들인가?

함께 일하며 관찰해보니 위트니스 프로젝트 팀에는 다양한 사람들이 있었다. 개발팀뿐만이 아니었다. 위트니스 프로젝트에는 문학, 역사, 철학, 예술사, 어학, 글쓰기, 음악 감상, 박물관 답사와 같은 다양한 인문학 강좌가 있었다. 강연자들만 해도 수천 명에 달했다. 당장의 자립이나 취업과는 무관한 내용이었다. 원래 자활 지원 활동은 어떻게 생계를 유지하느냐가 관건 아닌가? 그러다 강연을 기획한 사람의 말을 들었다. 한번 상실한 삶에 대한 규칙을 다시 세우는 일에 돈이라는 기준이 최우선으로 설정되어선 안 된다고. 프로그램에 참여하는 사람도 다양했다. 노숙인, 죄수, 마약 중독자, 경증 중증 정신질환자……. 바닥과 천장이 구분되지 않던 시절에 내가 들었던 강연이 과연 유효했는지는 모르겠다. 그러던 어느 날 음악 감상 모임 교실 앞을 지나다 깜짝 놀랐다. 서브플롯 속에서 시환과 만든 냥고 주제곡과 유사한 음악을 들었다. 무심결에 들었던 음악이 내 이야기 속에도 살며시 들어와 있었다.

인문학 강연자들 외에도 구술사 기록 작가들이 있었다. 리라이트된 자서전을 만든다고 했다. 구술사 작가들은 참여자의 이야기를 정리하기도 했지만 싱딩 부분 다시 매만졌다고 했다. 없던 사실을 추가하는 정도의 각색은 아니었지만 구술자의 입장만 반복하는 것은 경계했다. 같은 사건을 같이 겪은 다른 사람의 입장을 병행해서 서술했다. 이를 통해 특정 경험에 의미를 새롭게 부여했다. 리라이트된 자서전은 구술자의 관점에 따라 방향이 완전히 달라지기도 했다. 그렇게 각색된 자서전을 읽은 당사자의 해석에 따라 이야기는 또 달라졌다. 어떤 이들은 그동안의 삶을 돌아보고 인생의 다음 단계로 나아갔다고 한다. 반면 어떤 사람은 이 과정을 통해서도 한 발도 앞으로 나가지 못했다. 바로 나처럼 발이 무거운 사람들이었다.

소설가들은 서브플롯 프로젝트 후속 작업을 이어갔다. 당사자가 간절히 원했던 이야기, 그들이 만나고 싶었던 삶을 아예 새로 창조했다. 소설가들이 만든 플롯에 기반해 AI 기술자들이 시각화 작업을 진행했다. 참여자는 이렇게 맞춤 설계된 이야기를 가상공간 속에서 체험했다. 자신이 희망했던 이야기를 체험한 사람들은 현실의 트라우마를 극복한 것과 유사한 심리적 재활 효과를 얻었다고 한다. 트라우마 자체는 극복되지 않았지만 트라우마와 함께 살아갈 새로운 방식을 모색할 이유가 되어주었다.

나의 서브플롯 속 갈등과 해결 방법, 커스텀 퀘스트는 김듀라 선생님이 함께 만들어준 것이었다. 냥아치와 냥고 이야기는 태인과 만든 만화였지만 빛을 보지 못하고 내 기억 속에만 남은 이야기였다. 그는 버려진 이야기를 픽업해주었고 한층 더 풍성하게 이야기를 확장해주었다. 김 선생님은 자신을 SF 작가라고 말했다.

"이상한 설정을 만들어내는 작가들을 SF 작가라고 부르는 모양이군요?"

내 농담에 김듀라 선생님이 얼굴을 불쑥 들이밀었다.

"무슨 말씀? 이건 다 우리의 공동작업이잖아요? 고나현 씨야말로 훌륭한 작가예요."

나는 손가락 세 개를 천천히 펼쳐 보였다. 공동작업이라면 30프로 정도의 지분은 있으려나? 그러자 김듀라 선생님이 주먹을 보이더니 천천히 다섯 개의 손가락을 활짝 펴 보였다.

"반절이나요?"

그러더니 다른 손을 똑같이 펼쳐 열 개의 손가락을 부채처럼 활짝 펼쳤다.

"모든 사람을 작가라고 불러도 좋지 않을까요. 자신이라는 가장 유니크한 이야기의 작가요. 이 생은 온전히 당신만의 이야기니까요."

나만의 이야기가 마음에 들었다. 내가 만든 이야기가 다른 사람도 아니고 나를 구했다는 결론은 더욱 마음에 들었다. 미현 언니와 시환, 송인을 더 이상 만날 순 없지만 내 이야기 속에선 영원히 살아남을 테니까.

*

추모공원에 들렀다. 내 기억 속 송인의 모습이 그대로 담긴 사진이 낡아가고 있었다. 바닥과 가까운 가장 낮은 곳, 그늘진 구석에 있는 송인의 자리가 조금 쓸쓸해 보였지만 그곳은 우리가 함께 탐험했던 지하실과 가장 가까운 곳이기도 했다.

"다 잊고 살아서 정말 미안해. 너처럼 이야기를 짓는 데 천재적인 친구랑 놀다가 시간 가는 줄도 몰랐지 뭐야. 정말 재밌었어."

꼭 전하고 싶었던 또 다른 말은 마음속으로만 했다.

'네가 날 지켜줘서 여기까지 왔어. 고마워.'

너무 미안하면 고맙다는 말이 잘 나오지 않는 모양이었다. 떠난 사람에게 도저히 면목이 없었다. 뻔뻔하게도 지켜줘서 고맙다는 말도 할 수 없었다. 얼마 전 골동품 가게에서 발견한 같은 디자인의 뽀작이 인형을 송인이 사진 옆에 놓아두고 추모공원을 나왔다.

동네로 돌아오자 길고양이 한 마리가 도서관 담벼락을 따라 다가오는 것이 보였다. 도서관 근처에서 주민들이 함께 돌보는 고양이인 모양이었다.

"어?"

마치 하얀 캔버스 위에 듬성듬성 잉크가 번진 듯 이마와 등에 보이는 작고 검은 무늬, 통칭 고등어라고 불리는 종류였다. 옷을 덜 입은 것 같은, 어쩐지 우스꽝스러운 모습이었다. 고등어라 불리는 길고양이는 입양이 잘 안 된다는 이야기를 들은 적이 있었다. 하지만 나는 녀석의 무늬가 냥고랑 똑같다는 것에 감탄했다. 앞머리가 반쪽만 흘러내린 듯한 이마, 짜장면 소스가 묻은 것 같은 입, 그리고 허리춤에 총잡이 멜빵을 친 듯한 무늬를 가지고 있었다. 독특하고 개성 있는 모습이었다. 고양이는 나를 지나쳐 도서관 앞 고양이 급식소로 들어갔다. 급식소 정면에 냥고라는 이름이 붙어 있었다. 급식소에 적힌 이름을 보고 주민들도 모두 냥고라 불렀다.

놀라웠다. 나만 알던 냥고를 이웃들이 모두 알게 된 기분이 들었다.

"이모!"

물끄러미 냥고를 바라보는 사이, 어린이의 목소리가 들려왔다. 나를 부르는 게 아니라는 걸 알면서도 목소리가 들리는 쪽을 돌아봤다. 그 아이가 이모와 만나서 집에 돌아가는 걸 지켜보고 싶었다.

"이모, 이 책 거기 넣어주세요!"

성큼 가까이 다가온 아이는 나를 올려다보고 있었다. 키가 닿지 않는 도서관 반납함에 책을 넣어달라고 하며 아이가 내게 책을 건넸다.

"나 부른 거예요?"

"네! 이모!"

엉겁결에 받아 들어 책 제목을 바라봤다.

무지개 행성 냥고, 냥아치 구출 대작전

위트니스 프로젝트팀이 서브플롯용으로 만든 스토리를 책으로 제작했다는 이야기를 들었다. 냥고 이야기도 소량으로 제작해 마을 도서관에 놓였다는 소식을 들은 참이었다. 실물을 받아드니 감격스러웠다. 냥고가 활약한 이야기, 내가 만든 이야기에 아이가 조금이라도 웃었을까? 책 표지를 잠시 들여다보다 아이의 얼굴을 돌아보았다.

"어? 시환이니?"

아이는 여섯 살 시환과 똑같은 얼굴을 하고 있었다.

"네!"

"여섯 살 맞아요?"

"네! 이모는 몇 살?"

"세상에, 이게 무슨, 어, 이모는⋯⋯."

무슨 이야기를 할지 머뭇거리다 눈물이 터졌다. 김 선생님이 했던 말이 기억났다. 서브플롯을 함께 만들어 간 사람들이 더 있다더니.

"어머 얘, 나이를 막 물어보면 실례라니깐. 죄송해요. 애가 요즘 어른 말을 따라하는 게 습관이에요."

등 뒤에서 나타난 시환의 엄마가 가볍게 사과했다.

"성인 여성한테는 다 이모래요. 제가 다 언니라고 불렀더니만."

"미현 언니⋯⋯!"

시환 엄마는 서브플롯에서 만난 우리 언니와 완전히 똑같은 얼굴을 하고 웃었다. 말투는 조금 더 다정했고 표정은 훨씬 온화했지만 미현 언니였다.

"냥고!"

시환이 도서관 입구에 놓인 고양이 급식소 쪽으로 다가갔다. 수도꼭지를 틀어 깨끗한 물을 받아 냥고에게 건넸다. 냥고는 방금 아이에게 건네받은 동화책에 등장한 모습 그대로였다.

"이름도 모습도 이 책이랑 똑같네요?"

나는 방금 시환에게 건네받은 책을 가리키며 웃었다. 웃고 있었지만 눈물이 계속 쏟아졌다. 시환 엄마가 괜찮냐고 물었다. 어디서부터 말을 해야 할지 몰라 갈팡질팡하는 사이 시환이 노래했다.

"냥나라! 영원한 서약!"

도서관 입구에 붙은 주민센터 공고가 그제야 눈에 들어왔다.

특별한 영화에 출연하세요

내 이웃의 인생 드라마에 출연할
주민 배우를 모십니다

　영화배우를 직접 만난 것처럼 깜짝 놀랄지도 모르겠
다던 김듀라 선생님 말을 이제 이해했다. 선생님은 그
때 말했었다. 서브플롯을 통과해 현실에 돌아온 우리가
삶을 새로 발견해가면 좋겠다고. 그렇다고 해도 진짜
이웃들이 서브플롯 드라마에 연기자로 출연했을 줄이
야. 내가 포스터를 가리킨 채 말을 잇지 못하자 시환 엄
마가 알아챘다.

　"이야기 속에서 우리를 만났군요!"

　나는 고개를 끄덕였다. 시환이 달려오더니 포스터를
가리키며 말했다.

　"우리 카메오 출연했어요! 되게 재밌었어요. 모션 캡
처도 했어요."

　나는 연신 고개를 끄덕였다. 마음이 조금 안정될 때
까지 시환 엄마가 곁에서 기다려줬다. 시환과 낭고가
계단을 점프했다. 나는 시환 엄마에게 물었다.

　"제가 어떤 사람인 줄 알고, 어떤 문제를 안고 있는

줄 알고 제 이야기의 일부가 되는 일을 결심하셨어요?"

혹시라도 현실에 돌아온 내가 착란을 일으키거나 혹은 시환이 가족에게 집착을 보인다면? 일상을 위협한다면? 너무 쉽게 출연을 결심한 게 아닐까? 시환 엄마도 처음엔 비슷한 걱정을 했다고 말했다.

"저도 오래 고민했어요. 사실 우리 언니가 선생님과 비슷한 나이예요. 지금도 살아 있다면요. 그래서 프로젝트팀이 설명한 대략의 인물 정보를 보고 참여하기로 결심했어요."

안면 정보와 같은 프라이버시가 드러나는 일에 참여하다니, 이건 너무 위험한 기획이었다.

"시환이 꿈이 영화배우래요. 아역 배우에 도전해볼까 생각한 적도 있었어요. 그러다 연예 기획사에 가는 대신 이 프로젝트에 참여했어요. 연기로 누군가의 인생을 재현하는 거잖아요? 드라마를 보는 누군가의 인생에 개입하는 거잖아요? 시환이가 한번 경험해보면 좋겠다 싶었어요."

나는 시환 엄마와 연락처를 교환하고 도서관 앞에서 헤어졌다. 피가 섞이지 않은 이웃이지만, 나는 시환의 이모가 되었다. 시환의 어머니, 은유 씨와는 자매가 되었다. 이야기 속에서 나의 언니가 되어준 은유 씨의 동네 언니가 되기로 한 것이다.

한동안 시환과 은유 씨를 만나고 싶어서 매일 도서관에 갔다. 시환의 유치원 가방에서 본 유치원 근처에서 4시쯤엔 꼭 커피를 마셨다. 은유 씨가 도서관 안 문화센터에서 수요일 오전마다 강좌를 듣는 것을 알고 강의실 앞에서 얼쩡거리기도 했다. 은유 씨는 매번 나를 반겼다.

"영어 초급반 같이 시작할래요? 이번 주부터 다음 기수 등록이에요."

은유 씨는 친절했다. 수요일마다 커피숍에서 만나 수다를 떨었다. 오래 안 사이처럼 살갑게 대해줬지만 나를 집으로 초대하지는 않았다. 아파트 동수는 말해줬지만 호수까지는 말하지 않았고 그게 나를 경계하는 증거인 것 같아 속상했다. 점점 두 사람에게 마음의 거리를 두지 못하고 초조해졌다.

시환과도 도서관에서 몇 번 마주쳤다. 대화를 나누고 알았다. 이야기 속 조카 시환과 이웃 시환은 전혀 다른 사람이었다. 다행이었다. 하지만 동시에 실망했다. 은유 씨가 어떤 사람인지도 궁금했다. 왜 내 이야기에 기꺼이 등장했을까?

"그러고 싶었어요."

왜 그런 마음이 들었는지 의아했지만 그는 자세히 말하지 않았다. 은유 씨는 나를 '시환이 이모'라고 불러줬다. 나는 그들과 혈연이 아니라는 사실이 아쉬웠다. 이웃을 두고 확장된 가족이라고 부르는 말도 유쾌하지 않았다. 자기 가족이 없는 사람에게 확장된 가족이라니, 결핍을 더 자극하는 말 같았다.

복잡한 마음에 이사도 고민했다. 솔직히 은유 씨가 나를 집에 한 번만 초대해줬으면 하는 마음이 제어되지 않았다. 아파트 내부를 검색해보았다. 서브플롯 속에서 미현 언니와 살았던 공간과 비슷하지만 다르다는 것을 알고 또 실망했다. 위트니스팀은 도대체 무슨 생각으로 이런 위험한 일을 기획한 거지!

내가 만났던 사람들이 자신만의 삶을 살고 있다는 안도와 함께 그들이 내 진짜 가족이 아니라는 아쉬움이 교차했다. 이웃에게 이런 마음을 품어도 되나? 더 다가

가지 못하는 것도 슬펐다. 시환과 은유 씨에게 민폐를 끼치고 싶지 않았다.

어느 수요일, 다른 날보다 일찍 강좌를 들으러 갔다가 은유 씨를 봤다. 가까이 다가가니 은유 씨가 스마트폰으로 들여다보고 있는 기사가 눈에 들어왔다. 김듀라 선생님이었다.

"재밌는 뉴스 있어요?"

은유 씨가 김듀라 선생님의 사진이 담긴 스마트폰 화면을 내게 보였다.

"김 선생님 기사 났어요?"

은유 씨가 조금 쓸쓸해 보이는 표정을 했다.

"옛날 기사를 보고 있어요. 김 선생님 얼굴 보려고요."

은유 씨와 김 선생님 사이에 무슨 일이 있었나?

"김 선생님은 정말 우리 언니 같아요."

은유 씨와 처음 만났을 때 먼저 세상을 떠난 언니 때문에 프로젝트에 참여했다고 한 말이 떠올랐다. 많은 사람을 통해 언니를 떠올리는 모양이었다.

"저 보고도 언니 같다면서요?"

"김듀라 선생님이 제 서브플롯 속에서 언니 역할을

해줬거든요."

"아……."

은유 씨는 이야기를 종료하고 현실로 돌아온 뒤에도 심적 거리를 두지 못하며 살고 있다고 말했다.

"은유 씨도 서브플롯을 경험했나요?"

"네."

"무슨 이야기를 서브플롯으로 만났나요?"

"작가가 된 언니와 만나는 이야기요. 우리 언니 어릴 때부터 꿈이었거든요. 작가가 되는 게."

은유 씨는 작년까지 서브플롯에 참여했다. 일상으로 복귀한 지 얼마 되지 않았다고 말했다.

"서브플롯 속에 오래 머물렀어요. 시환이와 재회한 것도 작년이에요. 이벤트 캡처링을 끝낸 후였죠. 그전까지 시환이는 친할머니와 계속 살았어요."

자세히 묻지 않았다. 묻지 않아도 알 수 있었다. 이곳에 없는 언니, 그리고 이벤트 캡처링이 필요했단 말은 은유 씨가 그 현장에 있었다는 뜻이겠지. 은유 씨의 서브플롯 속에서는 김듀라 선생님이 친언니 역할을 해줬다. 은유 씨는 김듀라 선생님을 죽은 언니처럼 착각하며 요즘도 혼란스럽다고 했다.

"선생님, 미쳤어요? 왜 이런 위험한 일을 기획했어
요? 이러다 살인이라도 나면 어떡해요?"

은유 씨의 말을 들은 뒤 나는 김 선생님을 찾아가 항
의했다.

"선생님 자신도 위험에 빠트린 거잖아요? 사람 마음
을 뭐라고 생각하는 거예요? 선생님의 설계대로 사람
마음이 그렇게 딱 맞춰 움직일 거라 믿는 거예요? 왜
이런 식으로 일을 해요? 실재하는 사람들을 서브플롯
에 출연시키는 건 중단하시라고요."

선생님은 내 이야기를 가만히 듣기만 했다. 항상 과
장된 동작으로 두 손을 모으고 박수를 치며 호들갑을
떨던 선생님답지 않았다. 선생님은 나와 함께 이야기
회복실로 가자고 제안했다.

선생님이 나의 서브플롯을 재생시켰다. 시환과 미현
언니와 함께 살았던 나의 이야기가 벽면 한쪽에 흘렀
다. 곧이어 미현 언니의 얼굴이 또 다른 이야기 속에 놓
였다. 그것은 내 경험이 아니었다. 은유 씨가 경험한 서

브플롯의 한 장면이었다. 은유 씨가 설정한 이야기 속에 김듀라 선생님이 등장했다. 선생님은 그곳에서 은유 씨 언니였다. 곧이어 김듀라 선생님의 얼굴이 또 다른 곳에 배치되었고 다른 이야기가 시작되었다. 연속된 이야기가 방 안을 가득 채우기 시작했다.

"저분들이 제 이야기에 출연해줬어요."

선생님은 자신의 서브플롯에 보이는 사람들을 가리키며 내게 설명했다. 좋아하는 작가의 이름을 모아서 만든 필명이라더니, 해당 작가들이 선생님의 서브플롯에 출연해줬다고 했다. 그중 한 사람의 얼굴이 클로즈업되었고 또 다른 이야기가 시작되었다. 방 안에는 수많은 사람의 이야기가 이어지고 있었다.

"어떤 이야기는 악화일로인 것처럼 보이죠. 하지만 어떤 이야기는 연쇄적으로 세상을 이어주고 있다고 저는 믿어요. 보이지 않을 때도요."

선생님은 위험을 감수하고 이야기를 이어갔다고 말했다.

방 안을 가득 채우며 화면이 연달아 이어졌다. 화면 하나하나를 들여다보다 나는 천천히 물러섰다. 작은 화면들로 꽉 채워진 풍경 전체가 한 장의 그림처럼 보이기 시작했다. 점묘로 이루어진 거대한 그림. 작은 점 같은 한 사람 한 사람의 희망이 선이 되고 면이 되어 이어지고 있었다. 어떤 일이 있어도 살아가겠다고 생각한 사람이 또 다른 사람이 생을 결심하는 순간의 배경이 되었다. 살고 싶다고 말하는 사람들의 연쇄였다. 그렇게 우리 삶이 이어지고 있다는 걸 보여주고 있었다. 그건 그동안 나와 가장 무관하다고 생각해왔던 그림이었다. 세상은 나 없이도 잘 돌아가고 있다고 생각해왔으니까.

선생님은 화면을 가리키며 말했다. 거대한 모자이크가 작은 상자에 담겼다. 화면 속에 상자들이 늘어섰다. 수많은 이야기가 보관된 데이터의 총합이었다. 어떤 이야기는 사라지기도 했지만 어떤 이야기는 증언이 됐다. 어떤 이야기는 멈추기도 했지만 이떤 이야기는 계속 나아갔다. 선생님이 말했다.

"수많은 이야기가 우리 손에 남았어요."

그는 덧붙였다. 목격자들은 아주 많다고. 그러니 우리가 다수라고. 당장 눈앞에 희망이 보이지 않더라도,

마음만은 지지 않을 이야기가 아주 아주 많다고…….

시환과 은유 씨를 대하는 내 마음은 여전히 복잡했다. 딱히 계획에도 없는 일을 만들어 일부러 먼 곳으로 여행을 다녀오기도 했다. 돌아온 곳이 어떻게 달라질지 기대하면서 무작정 떠났다. 여행 후에도 마음이 잔잔해지지 않아 결국 이사도 결심했다.

나는 이사 가면 금세 잊힐 이웃일 뿐 시환의 진짜 이모가 아니다. 하지만 함께 나눈 이야기가 계속된다면 어디서든 같이 살아갈 수 있을 거였다. 그러고 싶었다.

시환에게 선물하고 싶어 냥고 행성 시리즈 후속작을 만들기 시작했다. 내가 만든 이야기를 김 선생님이 정리했고 프로젝트팀 멤버가 그림책으로 만들었다. 무지개 행성에 사는 존재들을 추가로 등장시켰다. 아메바도 출현시켰고 옆 행성 존재들도 등장시켰다. 냥고와 함께 행성을 만들어가는 이모들을 잔뜩 만들었다. 선생님, 작가, 개발자, 엄마, 고모, 이모, 엄마 친구들, 누나뻘 이모들과 할머니뻘 이모들까지……. 행성에선 냥고와 냥아치와 아메바와 아이들이 함께 살아갔다.

낭나라 행성 시리즈는 도서관에 비치됐다. 도서관이 끝나는 시간이 되면 낭나라 주제곡이 종료 시간을 알리며 흘렀다. 노래를 흥얼거리며 생각했다. 가장 작은 존재가 누구일지, 나는 그의 친구일지. 이제야 간신히 나의 걸음을 시작하는 처지였지만, 누군가를 위해 무언가를 할 정도로 마음의 여유도 없는 신세였지만 그래도 떠올렸다. 모르는 사이에 보이지 않는 지하실에 봉인되어버린 이야기가 발밑에 있을지 모른다는 상상. 그리고 그때마다 자기 인생을 걸고 내 인생에 개입해준 사람이 있었다는 사실까지.

여행에서 돌아온 곳은 이전에 살던 곳과는 전혀 다른 곳이다.

그 말끝에 이번엔 한 문장을 추가로 덧붙여보았다.

돌아온 곳에서 또 다른 여행이 시작된다.

오늘도 나는 누군가에게 닿을 적절한 거짓말을 상상

한다. 내 거짓말을 듣고 누군가는 꿈이라고 도피라고 삼산의 판타지라고 혹은 계도나 회유라고 말할지도 모른다. 이야기는 이야기일 뿐이라고 그래서 이야기는 결국 무력하다고 말할지도 모른다. 동감한다. 아무리 멋진 이야기가 어딘가에 존재하더라도 나와는 상관없는 이야기도 많으니까. 받아들이는 사람에 따라 이야기는 달라지기도 하니까.

그래도 상상을 계속한다. 끝내 누군가와 만날 나의 이야기를. 아무도 보지 않을 곳에 잠시 비치되었다 금세 잊힐 이야기일지도 모르지만. 우리가 계속 서로의 이웃일 수 있도록 이어주는 이야기를. 아직 세상에 없다면 우리가 만들어낼 멋진 거짓말을, 진짜가 될 거짓말을. ■

작가의 말

자기 죗값을 피하려는 자가 제왕적 권력을 획득한 믿을 수 없는 결과를 보며 이 소설을 구상했다. 그때 예감했던 일들이 다분히 나이브하게 느껴질 정도로 평범한 삶을 완전히 파탄내는 일들이 횡행하고 있다. 자기 보전과 바꿔 나라의 주권을 넘겨버리곤 사람들과 일상을 과로와 생활고로 밀어넣은 자들이 이래도 버틸 거냐고 협박이라도 하는 것 같다. 진실이 승리한다는 믿음이, 그래도 살아보자는 각오가 다 헛되게만 느껴진다. 열패감이 찾아온다. 사실 이겨본 경험이 많지 않다는 사실까지 쓰라리다. 이 세상도, 그리고 나 자신도…….

    소설 속 악인과 폭력 묘사가 다소 진부하다는 편집부의 의견을 듣고 고민에 빠졌다. 적어도 내가 목격한 폭력은 크건 작건 죄다 진부했다. 단언컨대 매력적인 배경을 두르고 근사한 이야기가 될 가치 따위는 없다고 믿는다. 반면, 파탄나고 산산조각이 난 파국이야말로 이야기가 된다. 이야기가 될 가치가 충분한 건 폭력에 맞선 쪽이다.

    맥락을 알 수 없을 정도로 파편이 되어버린 무력한 일상을 끌어안고 우리는 이야기를 찾는다, 때때로 이야기를 만든다. 이게 도대체 무슨 일인가 이유를 알고 싶고, 행여 내가 뭘 잘못했나 싶어 원인을 찾고 싶다. 나를 도우려고 했던 혹은 망치려고 했던 이들의 의도는 무엇이었나 머리를 싸맨다. 도저히 용납할 수 없기에 조금이라도 납득하려고 숨은 맥락을 찾아본다. 자신의 해석이 가미된 이야기로 이해할 때 조금이나마 다음 단계로 넘어갈 수 있다. 파탄은 이야기를 낳는다. 나도 줄곧 이야기를 찾아왔다. 내게도 이야기가 필요했다.

교정을 거치는 중에 아버지 장례를 치렀다. 내게는 진부하고 하찮은 폭력, 무능하고 무기력한데도 너무나 힘이 센 횡포를 상징하는 인물이다. 비로소 내 세계에서 퇴장해 안도할 줄 알았는데 의외로 마음이 복잡했다. 생전의 업보와 행실에 상관없이 현실의 저주를 끊고 이미 구원받았다는 착한 이들의 작별 기도를 듣는 일도 마음이 편치 않았다. 나는 조금 다르게 기도했다. 고통 없는 곳에는 이미 죽은 죄 많은 자들이 아니라 아직 살아 있는 자들이 가야 합니다.

무능하고 폭력적이었던 아버지, 나를 파멸시키려고 탄생시킨 것 아닐까. 내 삶은 그 유래에서 벗어나려 몸부림치는 와중에 탄생한 것이 아닐까. 기괴한 기원, 지독한 아이러니를 느낀다. 아버지가 상징하는 폭력적인 시대를 제대로 끊어내고 내 인생에서만큼은 새로운 이야기를 써보고 싶다. 파국 속에서 새롭게. 다소 윤리적이고 선언적인 이야기에 집착하는, 도덕 교과서 같은 소설을 쓰는 나를 빚어낸 것은 반면교사인 아버지가 아닐까.

나는 지금도 인생의 두 번째 이야기를 구상하는 중이

다. 아직 멋진 이야기로 완성되지는 못했지만 어떤 이야기를 살아낼지 이 길을 통해 무엇을 마주하게 될지 기대하고 있다. 어떤 진실은 미사여구를 거쳐 가짜가 되기도 하고 어떤 가짜는 살아낸 삶을 거쳐 진짜가 되기도 할 터이니.

다소 과욕일지 모르나 폭압과 횡포 속에 살면서도 자신만의 다음 이야기를 시작하는 누군가의 길에, 자신의 기원과 유래와 파국에서의 탈주를 꿈꾸는 당신의 길 어딘가에 이 소설이 우연히 가닿을 수 있다면 좋겠다.

2023년 봄

황모과

서브플롯

1판 1쇄 발행 2023년 4월 26일

지은이 · 황모과
펴낸이 · 주연선

(주)은행나무
04035 서울특별시 마포구 양화로11길 54
전화 · 02)3143-0651~3 | 팩스 · 02)3143-0654
신고번호 · 제 1997—000168호(1997. 12. 12)
www.ehbook.co.kr
ehbook@ehbook.co.kr

ISBN 979-11-6737-283-3 (03810)